HEDDA GABLER

Dans Le Livre de Poche

UNE MAISON DE POUPÉE

HENRIK IBSEN

Hedda Gabler

Introduction par
MICHEL MEYER

Avant-propos et traduction du norvégien par
TERJE SINDING

IMPRIMERIE NATIONALE

Michel Meyer enseigne à l'Université libre de Bruxelles. Il est l'auteur de nombreux ouvrages, dont *Le Comique et le Tragique, Penser le théâtre et son histoire* (PUF, 2003) et *Eric-Emmanuel Schmitt, ou les Identités bouleversées* (Albin Michel, 2004).

INTRODUCTION

Ibsen et l'invention du théâtre moderne

Ibsen : l'homme et l'œuvre.

Ibsen (1828-1906) a écrit l'essentiel de son œuvre à l'étranger. Ses pièces allaient à l'encontre de l'esprit bourgeois et bien-pensant des Norvégiens d'alors. L'Allemagne et l'Italie furent ses points d'attache principaux, mais il finit ses jours dans son pays, comme un héros national. Toute sa vie, comme s'il s'agissait de remonter le courant, il lutta contre l'univers fermé et sûr de soi de cette société, dont la faillite de son père l'avait exclu. Et à la fois, s'il fit tout pour s'en faire reconnaître, il ne fit rien pour en faire partie. Sa démarche était purement symbolique. Le génie tient souvent à cette volonté de se faire reconnaître par ceux-là mêmes qui vous ont rejeté, comme pour mieux leur envoyer au visage le constat de leur erreur et les mettre à distance à leur tour. Ce n'est pas nouveau, les critiques incultes empoisonnent souvent de leur faux savoir et de leur prétention l'existence des vrais intellectuels. Ceux-ci ne sont pas ceux qui écrivent – ils sont légion – mais ceux qui créent.

Pirandello a dit d'Ibsen qu'il était le plus grand après Shakespeare. Il est vrai qu'avec lui, c'est tout le théâtre occidental qui allait être révolutionné, tant dans le style que dans les sujets abordés. De George Bernard Shaw à Sartre, de Tennessee Williams à Arthur Miller et à Eric-Emmanuel Schmitt, la marque d'Ibsen traverse le théâtre de manière irréversible et profonde.

Mais qui était-il au juste ? Sans doute l'un des génies les plus improbables qui soient. La Norvège, où il est né en 1828, n'est pas vraiment au cœur de l'Histoire ni des grands bouleversements culturels du XIXe siècle. La langue norvégienne n'est pas non plus des plus répandues ni des plus connues. En outre, la Norvège, qui vient juste de se soustraire à la tutelle danoise, n'est pas libre pour autant. Et pourtant, malgré ces circonstances politiques et culturelles défavorables, Ibsen va s'imposer dans toute l'Europe comme celui qui a rompu avec le romantisme et instauré le réalisme au théâtre. Par là, il faut entendre en premier lieu un changement de style, tel que la fin des grandes tirades lyriques, par exemple. Mais c'est surtout l'émergence de thèmes nouveaux qui frappe. Ils sont empruntés aux masques de la vie quotidienne, à ses conventions parfois rigides qui finissent par éclater dans des conflits aussi inéluctables qu'imprévisibles. Si les héros d'Ibsen s'expriment à l'aide de phrases courtes, c'est bien sûr parce qu'on parle de la sorte dans la vie de tous les jours. Les thèmes abordés vont également faire date. Le ressort du drame ne repose plus sur les chocs avec une réalité qui frustre ou bloque les âmes dans leurs aspirations, mais sur le quotidien, dans sa dimension sociale et familiale. Les existences lisses, en apparence tranquilles, se retrouvent mises en question, parce que des fautes et des erreurs refont surface, inexorablement. La tragédie du quotidien, chez Ibsen, c'est ce passé qui remonte et atteint de plein fouet ceux qui croyaient l'avoir définitivement enterré. C'est ici que se marque le mieux l'opposition du romantisme et du réalisme. Le héros romantique désespère d'une réalité qu'il ne peut plus surmonter, une réalité faite d'espérances déçues ou impossibles. Fruit de la Révolution et des retours en arrière qui ont suivi, le romantisme s'est inscrit dans une société qui se bloquait, offrant au sentimentalisme et à l'imaginaire les seuls moyens de la rendre plus ou moins supportable. Il y avait ceux qui regrettaient tout ce qui avait changé et voulaient annuler les acquis de la Révolution sans pouvoir y parvenir. Et il y avait ceux qui, face à la réaction conservatrice de la Restauration, se sentaient empêchés dans leur volonté d'arriver, comme les héros de Balzac ou de Stendhal. Dans les deux cas, le réel était coloré de désirs et de nostalgies étrangers au quotidien, mais il n'était jamais pris, analysé et affronté pour lui-même. On cherchait juste à le fuir. À l'inverse, le réalisme est plongé dans les pesanteurs du social. Il ne les nie pas, elles sont là, déterminantes, comme le destin dans la tragédie grecque. Le sort de chacun est marqué du poids de l'Histoire et se traduit en histoires individuelles. Hedda Gabler, par exemple, est une femme d'un milieu social élevé, mais qui se marie en dessous de sa condition, d'où le mépris qu'elle affiche à l'égard de son mari. D'une façon générale, l'Histoire impose tôt ou tard une prise de conscience, mais cela n'a plus rien à voir avec le « mal du siècle » qu'éprouvait le héros romantique, blessé dans ses rêves de dépassement et d'accomplissement, et qui ne pouvait même

pas se mésallier, sinon dans ses rêves les plus fous
(c'est le thème d'*Antony*, dans le théâtre d'Alexandre
Dumas).

Le fait qu'Ibsen vienne d'un pays du Nord, presque
neuf pour ainsi dire, a été déterminant. Le réalisme
théâtral aurait-il pu naître ailleurs ? Le renouveau du
théâtre auquel on assiste à cette époque, avec Ibsen,
mais aussi avec Strindberg et Tchekhov, n'a finalement
rien d'étonnant, si on y réfléchit bien. Ce sont des
créateurs presque sans prédécesseurs, plongés qu'ils
étaient dans des nations qui étaient relativement peu
empreintes du romantisme, issu de la confrontation
d'une révolution égalitaire et d'une réaction qui s'ef-
forçait de revenir en arrière.

La Norvège appartenait à la couronne danoise depuis
1399. Mais le Danemark, allié de Napoléon, est obligé
de donner la « province » norvégienne à son ennemi,
la Suède, après la défaite de 1814. La Norvège se
déclare alors indépendante, mais la Suède s'y oppose
malgré des finances norvégiennes déplorables. L'indé-
pendance sera relative, car les deux couronnes resteront
entre les mains d'une même famille royale jusqu'en
1905. En tout cas, dès 1814, la Norvège est prête à
voler de ses propres ailes. Elle est surtout en quête
d'une identité culturelle, se cherchant un folklore
propre, des mythes propres, bref, un passé propre en
guise de futur, passé qu'Ibsen s'efforcera de faire
revivre dans ses premières œuvres. S'il y a un « romantisme du Nord » qui est spécifique, il tient à cette
recherche lyrique d'une tradition qui se voudrait
épique. Ce romantisme est en tout cas bien différent
de celui que la France ou l'Allemagne connaissent à

cette époque. La faible emprise de ce courant en Norvège s'explique par le fait que ce peuple, majoritairement composé de paysans, comportait une toute petite noblesse, danoise en l'occurrence. Son faible poids n'appelait d'ailleurs aucune révolution, et par conséquent, aucune restauration conservatrice qui aurait pu donner lieu à un romantisme tel que nos pays l'ont connu. La querelle de l'ancien et du nouveau s'est donc marquée autrement dans le Nord. En Norvège précisément, l'ancien était plutôt assimilé à une tutelle disparue ou à une nouvelle, modérée. Par contre, ce qui apparaît contraignant à l'époque, c'est davantage un ensemble de mœurs figées dans des conventions sociales rigides, ponctuées par un protestantisme strict qui jette un voile pudique sur la réalité violente d'une Histoire qui va s'accélérer et bouleverser les relations familiales et politiques. Il faut bien se rendre compte que, pour un peuple dont le mode de vie était encore dominé par l'agriculture et la pèche, la « liberté » n'a pas forcément débouché sur la richesse, comme en Angleterre. Le père d'Ibsen fera la triste expérience de la faillite et des dettes. Il sera ruiné. Ibsen souffrira tout au long de son enfance du déclassement qui en sera la conséquence, avec tous les conflits familiaux que cela peut engendrer. Un tel sort n'est pas sans rappeler celui qu'a connu le père de Shakespeare, lui aussi grand notable d'une petite ville, Stratford, qui finira déchu pour des raisons économiques également. Le génie des fils serait-il une revanche ? En tout cas, les conditions économiques et sociales sont dures pour Henrik. Il ne peut plus continuer ses études dans sa petite ville natale de Skien. Il doit la quitter et il semble qu'il n'y revienne que deux fois dans sa vie. Il commence en tout cas par travailler comme apprenti dans une pharmacie de la ville de Grimstad, à l'âge de seize ans. C'est là qu'il fait ses premières rencontres déterminantes du point de vue intellectuel et, profitant de son temps libre, il se cultive comme il peut. Il aura une liaison avec une domestique, employée comme lui à la pharmacie, dont il aura un enfant naturel. Il devra entretenir cet enfant jusqu'à ses quatorze ans, malgré ses maigres revenus.

C'est vers 1849, à vingt et un ans, qu'Ibsen écrit sa première pièce : *Catilina*. Il se sent très proche, par le caractère, de ce rebelle romain. Dans cette pièce, Ibsen s'écarte déjà de la logique de la tragédie classique, pour inscrire son théâtre, encore sans grande originalité, dans la lignée de l'analyse psychologique. La pièce ne sera pas jouée avant 1881. En 1850, il part pour Oslo, qui s'appelait Christiania. Ayant l'ambition de reprendre ses études, ce qu'il fit, il retourne brièvement chez ses parents pour obtenir un peu d'argent. Sans succès. Avec ses maigres économies, il s'inscrit au lycée malgré tout, mettant ainsi à profit ses années de lecture à Grimstad. Le résultat ne fut pas brillant, mais il obtient quand même son diplôme de fin d'études. Sa première pièce est alors jouée, puis une autre, et quand on créa un théâtre « national » à Bergen, c'est à lui que l'on pensa pour aider le directeur à trouver et à produire des œuvres norvégiennes. Il reste six ans à ce poste, mais ne s'y fait guère remarquer. Coupé de sa famille, rejetant la religion ambiante, naviguant à la limite de la pauvreté, Ibsen est dépeint par tous ceux qui l'ont connu alors comme solitaire et taciturne. De plus, les pièces qu'il écrit ne rencontrent guère de succès. Le style épique n'est pas le sien. Sa quatrième pièce recueille pourtant un certain écho, ce qui lui permet de fréquenter des cercles plus influents. C'est parmi eux qu'Ibsen rencontre celle qui allait devenir son épouse en 1858 et l'accompagner jusqu'à la fin de sa vie, en 1906.

Après six ans passés à Bergen, il s'en va à Christiania (Oslo) pour reprendre la direction du Théâtre National en 1857. Il s'agissait là aussi de mettre en valeur des productions artistiques purement norvégiennes plutôt que danoises. Avec ce poste, Ibsen allait enfin pouvoir sortir de la dèche, et maintenant qu'il était marié, cela devenait plus qu'indispensable. Professionnellement, on attend de lui de grandes exaltations nationales, mais le lyrisme n'est pas son fort. En 1859, Ibsen aura son unique enfant avec Suzannah, ce sera un fils, Sigurd (qui deviendra Premier ministre en 1905 et terminera sa vie en Italie, où il avait passé l'essentiel de sa jeunesse). À la suite de cette naissance, sa femme semble être tombée dans une grande dépression, ce qui va créer un gouffre grandissant entre les époux. Se détournant d'elle, Ibsen va s'intéresser de plus en plus aux très jeunes femmes. Pour l'heure, il se soucie peu du théâtre qu'il est censé diriger ; il se laisse aller et se met à boire. On le retrouve parfois errant dans la ville. Financièrement, cela va aussi de moins en moins bien, pour lui mais aussi pour le théâtre : les recettes s'amenuisent, les dettes s'accumulent. Ibsen se heurte de plus en plus à l'univers hypocrite des notables, toujours affublés de leurs masques de vertu. Il aurait pourtant bien aimé se faire accepter d'eux, tout en les méprisant. Ce n'est pas le même monde. Ce qu'il dénoncera plus tard dans ses pièces, c'est cette même hypocrisie et cette même bienséance qu'il connaît alors. Il écrit d'ailleurs *La Comédie de l'amour*, en vers, où il ironise sur les bons bourgeois. Entre-temps, il perd son emploi, vu la situation désastreuse du théâtre dont il a la charge. Il garde cependant une fonction, mal payée, de consultant dirait-on aujourd'hui, et vit – mal – de commandes de textes en vers qu'on lui passe pour des occasions diverses. Ibsen se consacre à une pièce « nationale », *Les Prétendants à la couronne* (1863), qui lui vaut un certain succès et, surtout, qui va lui permettre d'obtenir une bourse pour « parfaire ses connaissances » à l'étranger. En fait, il veut absolument quitter cette Norvège bien-pensante, où il étouffe et se sent si peu chez lui, sentiment qu'il avait déjà éprouvé au sein de sa propre famille. Il ne reviendra définitivement en Norvège qu'en 1891. Pour l'heure, sa période lyrique s'achève, et avec elle, l'exaltation d'une authenticité norvégienne, dont il avait peine à retrouver les traces pour en faire des œuvres réellement originales.

Ibsen part pour Rome. C'est là qu'il écrit la première pièce qui rompt avec la glorification de la Norvège : *Brand*. Quoique écrite en vers, elle est très caustique à l'encontre des notables. Il n'empêche : ses ressources financières s'épuisent. Heureusement, ce poème dramatique suscite beaucoup d'échos. Ibsen en profite pour s'adresser au Storting, le parlement norvégien, afin de demander une nouvelle fois une bourse d'écrivain. Enfin, il l'obtient : ce sera même une pension à vie, accordée grâce à l'influence des critiques littéraires danois, car on se doute bien que l'accueil fut plus que réservé en Norvège même. 1866 est ainsi l'année charnière. Mais c'est surtout avec *Peer Gynt*, achevé à Sorrente, qu'Ibsen acquiert une réputation qui ne se démentira plus. *Brand* était encore dans la veine lyrique jusque dans la forme. *Peer Gynt* ne relève pas pour autant du réalisme, cette révolution théâtrale qui rendra Ibsen immortel, même si, grâce à l'opéra qu'en tire Grieg, la popularité de cette pièce ne s'est jamais démentie depuis lors.

Ibsen a donc réussi à s'imposer en Suède et au Danemark comme l'auteur norvégien le plus accompli, mais aussi comme le plus sévère critique de sa société. Pourtant il est loin, se déplaçant entre l'Allemagne et l'Italie. La distance géographique renforce la distance intellectuelle qui a toujours été la sienne. Sa renommée en Norvège ne cesse de grandir. Elle le libère de ses aspirations contradictoires : réussir tout en critiquant, vouloir faire partie d'un monde qui l'exclut malgré tout, après le déclassement de sa famille. Distance oblige, il restera ainsi en dehors du monde des bien-pensants (qui, en général, ne pensent guère), qui le courtisera pour sa réussite littéraire.

Cette fois, c'est Rome qui va l'inspirer. Il compose une longue fresque en 1873, *Empereur et Galiléen* sur Julien l'Apostat, l'empereur romain qui rejeta le christianisme après que Constantin en eut fait la religion officielle de l'empire. La pièce est en réalité injouable : elle durerait plus de dix heures et nécessiterait environ cinquante acteurs. On y trouve pourtant ce qui fera le génie du théâtre ibsénien : des rapports tronqués et convenus entre les hommes, entre autres sous l'effet de la religion, rapports faussés qui finissent par éclater au moment de vérité qu'est l'approche de la mort. Cette pièce annonce en tout cas le rapport critique à l'égard de la religion et de ses exigences hypocrites, presque contre la vie, qu'Ibsen exprimera férocement dans ses pièces ultérieures.

De cette position critique à la pièce *Les Piliers de la société*, il n'y a qu'un pas, mais il est décisif. Ibsen, en le franchissant, cesse d'être purement scandinave pour devenir un écrivain définitivement universel.

Il est enfin prêt pour exprimer ce qui fera son génie, le célèbre cycle des douze dernières pièces, qui s'échelonnent de 1877 à 1899, jouées aujourd'hui dans le monde entier : *Les Piliers de la société* (1877), *Une maison de poupée* (1879), *Les Revenants* (1881), *Un ennemi du peuple* (1882), *Le Canard sauvage* (1884), *Rosmersholm* (1886), *La Dame de la mer* (1888), et *Hedda Gabler* en 1890, qui sera suivie encore de quatre pièces, *Solness le constructeur* (1892), *Le Petit Eyolf* (1894), *John Gabriel Borkman* (1896) et *Quand nous nous réveillerons d'entre les morts* (1899), qui achèvent ce cycle.

Pour les imaginer et les écrire, Ibsen va partager son temps, pour l'essentiel de sa vie créatrice, entre l'Italie, l'Allemagne et le Tyrol, parfois seul, souvent en famille, ce qui ne l'empêche pas, pour autant, de passer beaucoup de temps avec de très jeunes égéries, qu'il marqua autant qu'elles le marquèrent. En 1868, Ibsen quitte Rome pour Dresde, puis ce sera Munich. Pourquoi s'établir en Allemagne ? La langue ? La culture ? Sans doute, mais l'hypothèse la plus plausible semble être qu'à l'époque, réussir en Allemagne, c'était acquérir une grande notoriété. Il est difficile d'imaginer cela aujourd'hui, vu ce qu'est devenue l'Allemagne contemporaine en matière de création.

Dès le début, en parallèle avec ses œuvres très critiques sur la société, c'est le rôle et la position des femmes qui retiennent son intérêt. La femme sera pour lui une préoccupation constante, car elle se présente comme la métaphore d'une Norvège encore sous tutelle, mais qui cherche à s'épanouir. La femme n'incarne-t-elle pas depuis toujours la figure du lien social, patrimonial même, et en général des valeurs ? À ce titre, elle semble n'être qu'un simple relais, une courroie de transmission plutôt qu'une individualité à part entière. Mais les choses commencent à changer. La femme aspire tout naturellement à être pleinement elle-même, un individu, une personne plutôt qu'un rôle auquel on la cantonne. Pour Ibsen, l'émancipation de la femme, mais surtout la prise de conscience de son assujettissement, est l'occasion de mettre en scène de façon individualisée, par des histoires à raconter, les bouleversements de l'Histoire, avec majuscule, qui s'annoncent dans la société. Il le fait en mettant en scène les conflits personnels qui naissent de cette prise de conscience. Cette lutte, ou simplement cette quête d'autonomie, est le moment de la mise à plat des vrais enjeux d'un couple, dans le couple, dans l'individu, dans tous les individus. Démystifier cette société bourgeoise et compassée, qui est celle de la fin du XIXe siècle, est l'un des objectifs qu'a toujours poursuivis Ibsen dans son œuvre. C'est le thème de *Une maison de poupée*, qui aura un succès retentissant. Elle est encore aujourd'hui, avec *Hedda Gabler*, la pièce la plus jouée du répertoire ibsénien. Il s'agit d'une femme qui se libère de la tutelle bêtifiante de son mari, qu'elle a pourtant aidé mais, rôle subalterne oblige, elle ne peut rien lui avouer, de peur qu'il ne perde l'illusion de sa supériorité de mâle. Elle finit par le quitter, lui et leurs enfants, ce qui ne manqua pas d'en choquer plus d'un. *Hedda Gabler* est le second grand coup de boutoir porté à l'image traditionnelle du couple, et du rôle de la femme, donc de la famille bourgeoise et de ses idéaux.

« Hedda Gabler » : une intrigue captivante.

On n'a plus affaire ici à une femme traditionnelle qui, peu à peu, se révolte contre les conventions de la bienséance conjugale, comme dans *Une maison de poupée*. Hedda Gabler vient de la bonne société. Elle n'est pas une femme soumise, elle ne l'a jamais été et ne le sera jamais. N'est-elle pas fille de général ? C'est d'ailleurs ce que souligne Ibsen lui-même, dans une lettre au comte Prozor (4 décembre 1890), le premier traducteur de ses œuvres en français, quand il indique que le titre de la pièce situe davantage l'héroïne comme fille que comme épouse, ce qui est une chose tout à fait inhabituelle pour l'époque.

Quel est le thème de la pièce ? À la première lecture, la vengeance. Une femme abandonnée par l'homme qu'elle aimait, Lövborg, se retrouve face à lui quelques années plus tard, alors qu'elle s'est mariée, par dépit, avec son vieil ami à lui, lequel est devenu aussi son rival pour un poste de professeur à la Faculté. Le mari, Tesman, est indiscutablement un homme attentionné, on dirait aujourd'hui qu'il s'agit d'un « brave type », mais il est sans grande envergure, et elle le sait. Déjà qu'elle s'est mariée en dessous de sa condition... Le retour de Lövborg en ville lui fait revivre un passé douloureux et elle décide de se venger de lui en brûlant le manuscrit qu'il vient de finir, et qui doit être l'œuvre de sa vie. Très symboliquement, ce manuscrit est consacré à l'avenir, comme le précédent l'était au passé. De désespoir, Lövborg se suicide, mais elle aussi, finalement, ne pouvant plus s'accommoder de cette vie étriquée, qu'elle ressent comme une relégation, maintenant qu'elle a déchiré le voile de ses illusions.

Ce résumé, on s'en doute, ne tient pas compte des rebondissements qui jalonnent la pièce et qui tiennent le spectateur en haleine.

Tout commence par le retour de Hedda de son voyage de noces. Elle prend possession de sa nouvelle maison, arrangée par la tante de Tesman, à ses frais. Cela a coûté très cher, mais Hedda n'a jamais été très regardante à la dépense. Malheureusement, Tesman n'est pas encore professeur, et ses revenus ne lui permettent pas d'adopter un train aussi dispendieux. Il vit avec l'idée qu'il sera titularisé un jour et qu'il pourra vivre sur un plus grand pied, comme l'espère sa femme. Ce voyage de noces, Hedda ne l'a guère apprécié ; elle trouve ennuyeux les tête-à-tête avec son mari. N'est-il pas un peu un lot de consolation après Lövborg ? Détail amusant, ce qui intéresse surtout Tesman à son retour de voyage est de retrouver ses pantoufles, ce qui le rend encore plus dérisoire et grotesque. Ses préoccupations de chercheur et d'historien ? Rien de vraiment essentiel non plus. Il travaille sur l'industrie domestique dans le Brabant au Moyen Âge. C'est un tâcheron de la science, un spécialiste, un homme sans envergure, qui préfigure le professeur d'université type actuel. En comparaison de Tesman, Lövborg est étincelant. Il vient de faire paraître un livre ambitieux qui connaît un vif succès. Il est de retour en ville, logeant chez Thea Elvsted. Celle-ci a épousé le préfet. Elle s'est occupée de ses enfants, quand sa femme était malade ; et puis celle-ci est morte. Maintenant, c'est Lövborg qui est le précepteur des enfants, et Thea s'en amourache. Elle décide de tout quitter pour lui et de travailler avec lui sur son *nouveau* manuscrit.

Thea a été la camarade de pension de Hedda. Moins brillante que Hedda, elle en était aussi le souffre-douleur. Si l'on y réfléchit bien, elle est le double de Tesman, son *alter ego* féminin. Elle travaillera d'ailleurs avec lui, après la mort de Hedda. Hedda est à Thea ce que Lövborg est à Tesman. Il est normal que Tesman et Thea aient fini par découvrir ce qui les unissait. Lövborg arrive donc chez Tesman à l'invitation de son vieux rival, manipulé par Hedda qui brûle de le revoir. D'où vient leur brouille ? Pourquoi ne sont-ils pas restés ensemble ? Qu'est-ce qui n'allait donc pas entre eux ? Leur camaraderie risquait de se muer en une autre relation, plus physique, et de cela, elle ne voulait pas. Alors, il l'a quittée. Un tel refus d'aller plus loin apparaît plutôt étrange quand on s'aime, même à l'époque. Mais comme elle le lui dit, elle « avait peur de la réalité », peur qu'elle les rattrape. Il fallait rompre. Cela sonne encore plus irréel. Cette haine de la réalité brute fait de Hedda Gabler le symbole d'une vision romantique du monde, où domine une conception de l'idéalisme, de l'amour pur, qui est plutôt de l'amour-fiction, une pure métaphore en somme, que rien de vraiment réel ne doit venir troubler. Hedda se raccroche en fait à une vision désuète, voire même caduque, de l'amour. L'amour a besoin de signes concrets, tangibles, pour exister. Lövborg les réclamait, et elle a compris cela comme une trahison de leur « camaraderie ». Elle incarne à elle toute seule, l'ancien, le figé, le passé. Quoi de plus rigide que l'armée, et n'est-elle pas fille de général ? Bref, elle préfère s'enfermer dans une conception idéale des relations humaines. Lövborg, lui, évolue. Après avoir écrit sur l'Histoire, ne va-t-il pas s'atteler à la problématique de l'avenir de la société, dans ce nouveau manuscrit que Hedda réussit à lui subtiliser, pour le brûler ? Elle ne peut accepter l'Histoire, avec son accélération du temps, ses changements, en somme le réel ; elle doit l'immoler, ce qu'elle fera. Pour elle, Lövborg est la métaphore de l'amour : pour continuer à y croire, cette métaphore doit rester intacte. Elle prêtera son revolver à Lövborg, et il se donnera la mort. Tout s'arrête. Le juge Brack, qui la courtise, a tout compris, mais elle ne voudra pas être son otage, aussi se suicidera-t-elle à son tour. Brack, lui, symbolise l'extériorité, la distance : c'est pour cela qu'il comprend tout. Tesman, lui, ne comprend rien : il incarne le monde nouveau, médiocre et bête, platement littéral. Pour Hedda, tout équivaut à tout, tout est la métaphore de tout, Tesman, Lövborg, l'un remplace l'autre, ils sont indifférenciés ; elle découvrira qu'il n'en est rien, pourtant au départ ne voulant ou ne pouvant avoir l'un, elle a épousé l'autre. N'était-ce pas la meilleure façon de rester maître dans les deux cas ?

Lövborg avait cessé de boire, mais, de tristesse, il s'en va quand même à une nuit de débauche. Hedda brûle le manuscrit que Lövborg a laissé tomber sans le savoir, sur la route, après sa nuit de beuverie, et que Tesman a ramassé. Lövborg dit à Thea Elvsted qu'il l'a lui-même détruit, et de rage, elle l'accuse d'avoir tué ce qu'elle appelle leur « enfant ». C'est la fin de leur relation. Elle est comme Tesman, une brave femme, sans envergure mais dévouée. Hedda, elle, sait qu'elle n'est pas là où elle aurait dû être, mais à force de ne se raccrocher qu'à ce qui est idéal et idéalisé, la réalité fuit entre ses doigts, et sa vie se défait, peu à peu, inexorablement, comme un destin funeste qu'elle s'est imposé, socialement, psychologiquement. Hedda a beau jeu de faire valoir auprès de Tesman qu'en brûlant le manuscrit de Lövborg, elle a protégé la carrière de son mari. Sans ce manuscrit, Lövborg, quoique supérieur à Tesman, pouvait-il encore espérer lui ravir le poste de professeur ?

Hedda Gabler ou la fin du personnage romantique.

Comment lire cette étrange pièce ? Nous l'avons dit, comme un scénario de vengeance. Mais c'est bien plus que cela. Pour le voir, il faut se pencher un instant sur la vision qu'Ibsen se fait de l'Histoire.

L'Histoire est toujours conflit de l'ancien et du nouveau. Hedda Gabler représente les réponses du passé, les conventions sociales de la haute bourgeoisie, la supériorité que ressentent les notables, l'assurance de posséder les bonnes réponses, celles à l'aune desquelles on juge les autres. Mais l'Histoire ne s'arrête pas, et les réponses d'hier deviennent de plus en plus problématiques aujourd'hui, pour finir par ne plus valoir comme réponses du tout. Lövborg, par ses demandes pressantes, veut matérialiser un amour auquel elle se refuse dans sa réalité brute. Elle rompt avec lui, tout en lui en voulant d'avoir voulu transformer leur « camaraderie ». Elle refuse la problématisation de son vécu et de ses certitudes, qui aurait dû la conduire vers d'autres réponses, d'autres assurances, d'autres comportements, quitte à être déstabilisée en se remettant ainsi en question. Lövborg va jouer ce rôle de déstabilisateur en réapparaissant après toutes ces années, tandis que Hedda se cramponne aux vieilles réponses, issues de sa propre identité. Le temps les rend de plus en plus caduques.

Avec l'Histoire qui s'accélère, les identités se muent en différences. On peut s'aveugler, et les identités perdurent alors, mais pas littéralement. Cela devient des façons de voir, des manières de penser, des métaphores. Le romantisme prenait les métaphores au pied de la lettre, faisant de ses rêves la réalité même. Le réalisme part du constat délibéré que ce sont des métaphores. Hedda sait bien que son amour est une fiction, sa camaraderie avec Lövborg, une illusion, son mariage, une métaphore du bonheur. Elle ne confondra jamais ces métaphores avec la réalité. Elle est lucide, ironique, et même méprisante quand elle parle de son mari, le « professeur ».

Les personnages d'Ibsen savent toujours que les métaphores recouvrent des fautes qu'on réinterprète, un passé que l'on désamorce, des illusions avec lesquelles on compose. Par là, ils les enterrent, et ainsi chacun espère continuer comme si de rien n'était, jusqu'au jour où quelqu'un vient tout faire remonter à la conscience, tel Lövborg. Alors, ces métaphores éclatent comme non-réponses et la métaphorisation ne suffit plus. Les questions qui en résultent font mal. Quand Lövborg réapparaît, le choix que Hedda a fait de s'unir à Tesman se révèle à ses propres yeux comme absurde. Lövborg survient, et les réponses qu'elle pensait avoir soustraites à la destruction du temps y succombent, démystifiées ; ce ne sont plus que des masques, des cotes mal taillées, des métaphores de réponses, qui ne le sont plus. Alors, que faut-il faire ? Accepter le réel, ou le tuer ? Lövborg revient, mais comme neuf, alors il parle d'avenir. Pour elle, psychologiquement, il est dangereux. Le conflit de l'ancien et du nouveau devient inévitable : il puise ses racines dans ce surgissement, cette confrontation avec tout ce qui a été enfoui et qui ne peut plus demeurer. Lövborg fait revivre les douleurs passées. Il est le symbole vivant de tout ce qui est désormais impossible, avec lui d'abord, avec Tesman bien sûr, avec le monde autour d'elle. Hedda ne peut plus ignorer que la réalité a rendu problématique tout ce à quoi elle croyait, et même, tout ce qu'elle était. Elle devra disparaître, comme les vieilles réponses que l'Histoire rend obsolètes. Même à elle, la différence finit par s'imposer : on ne peut vraiment pas substituer Tesman à Lövborg, leur similitude éclate pour ce qu'elle est, une simple analogie, rien de plus. Historiens, chercheurs, intellectuels, ils le sont tous deux, mais ils sont si différents, et l'un ne peut vraiment pas remplacer, « être » (méta-phoriquement) l'autre. Lövborg a changé, il *est* même le changement. C'est d'ailleurs ce thème qui l'intéresse dans le livre qu'il voulait publier et que Hedda a fait disparaître. Lövborg n'est-il pas devenu inacceptable de ce fait même ?

On ne peut s'empêcher de s'interroger sur la nature des nouvelles réponses engendrées par cette modernité, qui ramène tout à la platitude du littéral. Celle-ci n'est-elle pas annonciatrice de médiocrité, ou plus exacte-ment, de pusillanimité ? Tesman, Thea, même le juge Brack, avec sa concupiscence de « bon ami de la famille », sont de cette facture. Le masque tombe. Hedda ne peut plus s'accrocher aux vieilles réponses, même en en faisant des métaphores, des fictions, pour mieux les cultiver en son for intérieur. Alors, que peut-elle faire ? S'en accommoder. Ou alors disparaître. Ibsen est un grand lecteur de Darwin. C'est par le biais de la théorie de l'évolution que l'Histoire se marque et s'exprime. L'ancien doit s'estomper au profit du nouveau ; c'est cela que l'on veut dire quand on dit que le monde change. Hedda avait-elle d'autres choix que de disparaître à son tour ? Ses pistolets lui donnent l'illusion, toute sociale il est vrai, que l'on peut maî-triser son destin, jusqu'à le « tuer », en se tuant, si nécessaire. Le rôle du sport est d'ailleurs celui-là : faire croire qu'une victoire est jouable et qu'on peut l'emporter sur le hasard et les forces qui l'orientent par le simple respect des règles et de l'excellence. Dans la vie, il en va bien sûr autrement, mais jouer avec une arme donne une impression de puissance à celui qui la brandit. Hedda est face à ses propres métaphores de réponses, et en les tuant, elle se tue elle-même. Au bout du compte, l'Histoire n'épargne même plus les bricolages intellectuels qui permettent de vivre, car il y a toujours un moment où ils se révèlent pour ce qu'ils sont, à savoir des masques et des fictions. Des questions, et non plus des réponses. Et en passant, l'Histoire détruit ceux qui continuent de n'y voir que des réponses parce que tout, dans leur situation sociale, les a toujours confortés dans cette assurance et cette certitude. La métaphorisation des idéaux, qui sont comme des transformations intellectuelles destinées à protéger ces idéaux de l'Histoire qui les invalide, se révèle alors un bien piètre mécanisme de défense. Mais à la fin, on peut se demander si le monde qui pointe à l'horizon de toutes ces défaites sera meilleur ou pire, en dépit des libérations qui l'auront rendu possible. Ne sera-t-il pas médiocre et petit, parce que plus plat ? Une chose est sûre : Hedda refuse de s'y engager davantage, maintenant qu'elle a compris que ses idéaux n'étaient que des métaphores de réponses et non des vraies réponses, des réponses vraies sur comment vivre.

De la tragédie au drame :
une mutation théâtrale annoncée.

George Steiner, dans son ouvrage magistral *La Mort de la tragédie* (Gallimard, 1993), remarquait que la tragédie meurt au XVIIe siècle, avec Racine et Corneille en France, ou Shakespeare en Angleterre. Par quoi a-t-elle été remplacée ? Et surtout pour quelle raison ? Nous nous sommes longuement penché sur ces questions dans *Le Comique et le Tragique* (PUF, 2003). La réponse à ces questions, c'est l'émergence du drame qui l'apporte. La tragédie n'est plus possible quand le vieil ordre aristocratique s'estompe devant le monde bourgeois qui s'affirme et qui, surtout, ne s'intéresse plus guère aux actes héroïques de la noblesse. Le bourgeois veut qu'on parle de lui, qu'on le *représente*. Peut-être y a-t-il aussi une raison plus profonde à cette mutation du théâtre. La tragédie, disait Hegel, représente la confrontation du bien et du bien ; Créon et Antigone si l'on veut. Tous les deux ont raison, et c'est cela qui rend le conflit à proprement parler tragique. C'est comme un dilemme et on ne peut trancher. Créon a raison de refuser d'inhumer un traître et Antigone a raison de vouloir inhumer son frère. L'ennui, c'est qu'il s'agit de la même personne. Le drame, par contre, c'est le bien aux prises avec le mal. On a affaire à des victimes, à des innocents, à des faibles. L'équilibre ne peut se refaire, se rétablir, l'Histoire crée les différences, elle ne les compense pas. Peuvent-ils alors gagner, dans ce monde toujours injuste ? Le drame s'affirme comme la version bourgeoise, voire domestique, de la tragédie. Tout est plus banal, les grandes différences sacrées, comme la vie ou la mort, ne sont pas forcément foulées au pied. Le drame est parfois ludique, empreint d'ironie, voire de moments plutôt comiques. Parfois, il n'est pas si éloigné que cela de la comédie même. On parlait avant de tragi-comédie, parce que tout se termine bien, et on doit déjà à Shakespeare de grandes tragi-comédies, comme *Mesure pour mesure*, par exemple.

Le drame selon Ibsen relève encore d'une autre logique que celle qu'a mise en avant Hegel. Les personnages n'incarnent ni les uns le bien, ni les autres le mal. Au pire, il y a la faute, la faiblesse, l'erreur, la lâcheté. Et cela fait des destins tout aussi implacables que dans la tragédie grecque. On est alors sa propre victime. L'Histoire se sédimente en conventions sociales, en réponses toutes faites qui, à force de devenir de moins en moins littérales, de plus en plus métaphoriques, finissent par exploser. Les différences, recouvertes par l'identité métaphorique, s'imposent comme problèmes, expressément, des différences incontournables qui se révèlent des brèches que l'on ne peut plus colmater. « Richard est un lion » : non, il ne l'est pas, cette métaphore n'est qu'une façon de parler, une manière de recouvrir le fait que Richard est un humain et ne l'est pas, que *X est Y et n'est pas Y*, que *Y/non-Y* est une question, une alternative qu'on ne peut plus occulter quand la métaphore se « dévisse » et se retrouve exposée aux vents de l'Histoire qui brise les identités, même de fiction. Il y a toujours un autre, ou une situation, pour amener l'explosion, qui est davantage une implosion d'ailleurs. Alors, les fictions s'écroulent, les belles histoires que l'on se raconte perdent leur efficace, et on est nu devant un présent nouveau qu'on pensait ne jamais devoir affronter, parce qu'il n'est autre que le fruit d'un passé qu'on avait enfoui, croyant le désamorcer par là-même. Vainement, car l'Histoire problématise les réponses qu'on croyait les mieux assurées et les problèmes ressurgissent avec leur violence initiale.

Le drame ibsénien vient clore un XIXe siècle frappé par une historicité galopante. Il veut la traduire, en s'attachant au temps qui passe et aux masques qui tombent parce qu'ils ne peuvent résister à leur réinterprétation, qui questionne tout. Le drame est la différence, donc l'Histoire, qui surgit au détour de nos vies quotidiennes, mais elle est refoulée dans des usages et des comportements d'où elle semble exclue. Le rôle des femmes, les conventions du mariage, les routines du métier, n'en sont pas moins historiquement marqués, et rien n'est fixé une fois pour toutes. C'est alors que l'on verra chez les uns de la grandeur, et chez d'autres, de la petitesse. Mais l'aveuglement ne peut durer et, tôt ou tard, comme Hedda Gabler, on ne pourra ignorer que, malgré nos métaphores et nos fictions qui servent de bouées de sauvetage, on se retrouve face à la vérité de ce que l'on est, et le miroir frappe alors avec une littéralité qui tue, celle de la réalité brute qui se réfléchit. Nous ne pouvons plus rester aveugles à ce que nous sommes et les fictions, que nous avons entretenues sur nous-mêmes comme sur les autres, se révèlent pour ce qu'elles sont, des voiles dont nous avons couvert le destin, qui nous rattrape. Ce n'est pas forcément tragique, mais ce n'en reste pas moins dramatique.

MICHEL MEYER.

Chronologie

1828 : Naissance de Henrik Ibsen *(20 mars)*.

1844 à 1850 : Ibsen travaille dans une pharmacie.

1850 : *Catalina* (représentée à Stockholm, et seulement en 1881).

1851-1857 : Collaboration au théâtre de Bergen.

1858 : Mariage avec Suzannah.

1859 : Naissance de Sigurd.

1864 : Ibsen s'en va à Rome.

1866 : *Brand.*

1867 : *Peer Gynt.*

1868-1875 : Ibsen s'en va à Dresde.

1873 : *Empereur et Galiléen.*

1874 : Retour en Norvège.

1875-1885 : Ibsen part pour Munich.

1877 : *Les Piliers de la société.*

1878 : Rome et Munich ; il passe les hivers à Berchtesgaden.

1879 : *Une maison de poupée.*

1880 : Rome, puis Sorrente (1881).

1881 : *Les Revenants.*

1882 : *Un ennemi du peuple.* Ibsen passe ses étés au Tyrol (Gossensass) jusqu'en 1884.

1884 : *Le Canard sauvage.*

1885-1891 : Munich.

1886 : *Rosmersholm.*

1888 : *La Dame de la mer.*

1890 : *Hedda Gabler.*

1891 : *Hedda Gabler* est jouée à Munich, Berlin, Londres et Copenhague. En décembre, elle est représentée pour la première fois à Paris. Ibsen revient à Christiania (Oslo) définitivement.

1892 : *Solness le constructeur.*

1893 : Naissance de son petit-fils, Tancred.

1894 : *Le Petit Eyolf.*

1896 : *John Gabriel Borkman.*

1899 : *Quand nous nous réveillerons d'entre les morts.*

1906 : Ibsen meurt le 23 mai, après trois attaques cérébrales, dont la première eut lieu en 1900.

Il n'aura pas le prix Nobel, pas plus que Tchekhov, Tolstoï ou Strindberg, mais le prix sera attribué en 1903 à son compatriote B. Bjørnson.

Avant-propos

Les premières notes concernant Hedda Gabler *datent vraisemblablement d'octobre 1889. Pendant l'été 1889, Ibsen est en villégiature à Gossensass, dans le Tyrol. Il y fait la connaissance d'une jeune Viennoise, Émilie Bardach. La jeune femme l'attire par sa beauté et sa vivacité d'esprit, et il passe de longues heures en sa compagnie. Lorsqu'ils se séparent à la fin des vacances, il l'appelle le « soleil de mai dans une vie de septembre » — allusion à leur différence d'âge — et pendant quatre mois, ils continuent à correspondre.*

Émilie Bardach est issue de la bonne société viennoise ; c'est une jeune femme intelligente mais désœuvrée, qui ne craint pas d'avouer l'excitation qu'elle éprouve à tenter de séduire un homme marié comme Ibsen. En février 1891 — après la première berlinoise de Hedda Gabler, *justement —, Ibsen rapporte ainsi à son ami Julius Élias des propos qu'elle aurait tenus : « L'idée d'épouser un jeune homme bien élevé ne l'intéresse pas — d'ailleurs elle ne tient pas du tout à se marier. Ce qui l'attire et l'excite et l'exalte, ce serait plutôt de prendre le mari d'une autre. » Et dans un des premiers manuscrits de* Hedda Gabler, *on trouve dans la bouche de Hedda des répliques comme : « Je ne comprends pas qu'on puisse tomber amoureuse d'un homme qui ne serait pas marié — ou fiancé — ou amoureux d'une autre » ou « Prendre quelque chose à une autre, cela me paraîtrait si merveilleux » — allusions directes à la rivalité entre Hedda et Thea, mais qui préfigurent également les relations entre Hilde et Aline dans* Solness le constructeur.

Hedda a cependant également des racines dans les œuvres antérieures de l'auteur. Ainsi, la jeune peintre munichoise Hélène Raff, qu'Ibsen fréquente assidûment au début des années 1890, rapporte une remarque qui pourrait éclairer à la fois un personnage comme Nora et la fille du général Gabler : « Le malheur des femmes est d'avoir été éduquées à attendre passivement mais avec impatience que se produise quelque chose d'inconnu. Et beaucoup d'êtres d'exception succombent à leur déception lorsque rien ne se produit. » Et les relations entre Hedda et Thea ne sont pas sans rappeler celles entre Nora et Kristine Linde. Par ailleurs, le personnage devait initialement porter le nom de Römer, patronyme qu'Ibsen avait également envisagé pour Johannes Rosmer dans Rosmersholm. *Une parenté semble ainsi être esquissée entre ces deux figures inquiétantes que sont Rebekka et Hedda.*

Un premier jet de Hedda Gabler *est terminé le 7 octobre 1890. La pièce subit ensuite plusieurs remaniements avant la version définitive, datée du 18 novembre. Si les personnages de Hedda, de Brack et de Lövborg ont relativement peu évolué de la première à la dernière version, Tesman a profondément*

*changé. Il devait initialement s'appeler Axel — prénom
autrement plus distingué que le très petit-bourgeois
« Jörgen » dont il est affublé dès le second manuscrit —, et ses tics de langage — les éternels « pense
donc » et autres « hein » — ne figurent que dans la
version définitive. Le caractère ridicule du personnage
a ainsi progressivement été accentué. Quant à Thea,
les traits hystériques du personnage, extrêmement pré-
sents dans les premières notes, ont au contraire été
considérablement atténués.*

*Hedda Gabler paraît en librairie le 16 décembre
1890. La pièce est créée le 31 janvier 1891 au Théâtre
royal de Copenhague. Suivront des représentations
dans les principales villes scandinaves, ainsi qu'à Londres. En Allemagne, elle est également créée en 1891,
à la Freie Bühne de Berlin, dans une mise en scène
d'Otto Brahm. Toujours en Allemagne, Max Reinhardt
la mettra en scène en 1907 aux Kammerspiele de
Berlin. En Russie, elle est créée en 1906 à Saint-
Pétersbourg dans une mise en scène de Meyerhold.*

*En France, elle est créée le 17 décembre 1891 au
Théâtre du Vaudeville, avec Marthe Brandès dans le
rôle-titre. Depuis cette date, c'est certainement l'œuvre
d'Ibsen la plus jouée en France. Lugné-Poe la met à
son répertoire en 1905, avec dans le rôle-titre Eleo-
nora Duse, qui avait déjà créé le personnage en Italie
en 1898. Après* Un ennemi du peuple *(1921, avec
Féraudy), c'est la seconde pièce d'Ibsen à entrer au
répertoire de la Comédie-Française, en 1925, avec une
distribution particulièrement brillante : Marie-Thérèse
Piérat dans le rôle-titre est entourée de Madeleine
Renaud, Denis d'Inès, Charles Granval et Jacques*

Quilhène. Après la mort prématurée de Marie-Thérèse Piérat, Mary Marquet reprend le rôle en 1935 et 1939. Parmi les autres mises en scène françaises, citons celle de Marguerite Jamois, qui interprète elle-même le rôle-titre au Théâtre Montparnasse en 1943, celle de Raymond Rouleau (Théâtre Montparnasse, 1962, avec Ingrid Bergman dans le rôle-titre), celle de Jean-Pierre Miquel (Comédie de Reims, Théâtre national de l'Odéon, 1978, avec Anne Alvaro) et celle d'Alain Françon (1987, nouvelle version 1990, avec Domi-nique Valadié). En 1967, Raymond Rouleau a réalisé une version télévisuelle de Hedda Gabler, *avec Del-phine Seyrig dans le rôle-titre.*

Ingmar Bergman a mis en scène Hedda Gabler *à deux reprises : à Stockholm en 1967 et à Londres en 1970 (avec Maggie Smith).*

TERJE SINDING.

HEDDA GABLER

PERSONNAGES

JÖRGEN TESMAN, *docteur en histoire des civilisations*.
Mme HEDDA TESMAN, *son épouse*.
Mlle JULIANE TESMAN, *sa tante*.
Mme ELVSTED.
Le juge BRACK.
EJLERT LÖVBORG.
BERTE, *bonne chez les Tesman*.

L'action se passe dans la villa de Tesman, dans les quartiers ouest de la ville.

Acte I

Un grand et beau salon de réception, décoré avec goût dans des couleurs sombres. Dans le mur du fond, une large ouverture avec des rideaux ouverts, condui-sant à un salon plus petit dans le même style. Dans le mur de droite, une porte à double battant menant au vestibule. Dans le mur de gauche, une porte vitrée avec des rideaux ouverts. À travers cette porte, on aperçoit une véranda et des arbres au feuillage automnal. Au milieu de la pièce, vers l'avant, une table ovale recou-verte d'une nappe et entourée de chaises. Contre le mur de droite, au premier plan, un poêle en faïence de couleur sombre ; près du poêle, un fauteuil à haut dossier, un repose-pied et deux tabourets. Dans le coin de droite, au fond, un canapé d'angle et une petite table ronde. Au premier plan, à gauche, à quelque distance du mur, un canapé. À côté de la porte vitrée, au fond, un piano. Des deux côtés de l'ouverture du fond, des étagères avec des terres cuites et des objets en majolique.

Contre le mur de fond du deuxième salon, un canapé, avec une table et quelques chaises. Au-dessus du canapé le portrait d'un bel homme d'un certain

*âge, vêtu d'un uniforme de général. Au-dessus de la
table, une lampe avec un globe laiteux en verre dépoli.*

   *Un peu partout dans le grand salon, des bouquets
de fleurs dans des vases. D'autres bouquets sont posés
sur les tables. Le sol des deux pièces est recouvert
d'épais tapis.*

   Lumière du matin. Le soleil entre par la porte vitrée.

   *Mlle Juliane Tesman, en chapeau et une ombrelle à
la main, arrive du vestibule, suivie de Berte, portant
un bouquet enveloppé de papier. Mlle Tesman est une
femme de belle allure et aux airs affables, âgée de
soixante-cinq ans environ, vêtue d'une tenue de ville
grise d'une élégance discrète. Berte est une domestique d'un certain âge, d'allure simple et campa-
gnarde.*

Mlle TESMAN *(s'arrêtant près de la porte, tendant
l'oreille ; à voix basse)*. — Non, ma foi, je crois
bien qu'ils ne sont pas encore levés !

BERTE *(également à voix basse)*. — C'est ce que je
disais, mademoiselle. Pensez donc, — à l'heure où
le vapeur est arrivé cette nuit. Et puis après ! Jésus —
tout ce que la jeune dame a voulu déballer avant
d'aller se coucher.

Mlle TESMAN. — Oui, oui, — qu'ils se reposent. Mais
le bon air du matin, il faudra qu'ils en profitent
quand ils viendront.

   *Elle se dirige vers la porte vitrée, qu'elle ouvre en
grand.*

BERTE (*près de la table, ne sachant que faire du bouquet qu'elle tient à la main*). — Vraiment, il n'y a plus de place. Je pense que je vais le poser ici, mademoiselle.

Elle pose le bouquet sur le piano.

Mlle TESMAN. — Eh bien, te voilà avec de nouveaux maîtres, ma chère Berte. Dieu sait qu'il m'a été plus que douloureux de me séparer de toi.

BERTE (*au bord des larmes*). — Et moi alors, mademoiselle ! Qu'est-ce que je devrais dire ? Moi qui depuis tant d'années ai mangé le pain de Mademoiselle.

Mlle TESMAN. — Prenons les choses avec calme, Berte. Vraiment, il n'y a pas d'autre solution. Jörgen a besoin de t'avoir près de lui, vois-tu. Il en a besoin. Tu as l'habitude de t'occuper de lui depuis son enfance.

BERTE. — Oui, mais mademoiselle, quand je pense à celle qui est à la maison, au lit. La pauvre, incapable de se débrouiller toute seule. Et puis, avec la nouvelle bonne ! Jamais de la vie elle ne saura s'y prendre avec la pauvre malade.

Mlle TESMAN. — Oh, j'arriverai bien à le lui montrer. Et l'essentiel, je m'en charge, bien sûr. Pour ma pauvre sœur, tu n'as pas de soucis à te faire, ma chère Berte.

BERTE. — Oui, mais il y a aussi autre chose, mademoiselle. J'ai tellement peur de ne pas savoir m'y prendre avec la jeune dame.

Mlle Tesman. — Mon Dieu, — au début il y aura peut-être des petits détails.

Berte. — C'est qu'elle doit être très difficile.

Mlle Tesman. — Ah, ça oui. La fille du général Gabler. Avec les habitudes qu'elle avait du vivant du général. Tu te rappelles quand elle faisait du cheval avec son père sur l'avenue ? Dans sa longue robe noire d'amazone ? Et une plume au chapeau ?

Berte. — Oui, oui, — je pense bien ! — Jamais je n'aurais cru qu'ils feraient un couple, le licencié et elle.

Mlle Tesman. — Moi non plus. Mais au fait, Berte, — pendant que j'y pense : désormais il ne faut plus dire le licencié. Il faut dire le docteur.

Berte. — C'est ce que la jeune dame m'a dit, aussi, — cette nuit, — dès qu'ils sont arrivés. C'est vrai, ça, mademoiselle ?

Mlle Tesman. — Bien sûr que c'est vrai. Figure-toi, Berte, — on l'a fait docteur à l'étranger. Pendant le voyage, vois-tu. Je n'en savais rien — jusqu'à ce qu'il m'en parle sur le quai.

Berte. — Oui, oui, il arrivera à tout ce qu'il voudra, lui. Intelligent comme il est. Mais jamais je n'aurais cru qu'il allait se mettre à soigner les gens.

Mlle Tesman. — Non, ce n'est pas ce genre de docteur qu'il est. — *(Avec un sourire plein de sous-entendus.)* D'ailleurs, bientôt tu pourras lui donner un titre plus important encore.

BERTE. — Ce n'est pas possible ! Qu'est-ce que ça sera, mademoiselle ?

Mlle TESMAN *(souriant)*. — Hm, — si tu le savais ! — *(Émue.)* Oh ! mon Dieu, — si feu Jochum, de sa tombe, pouvait voir ce qu'est devenu son petit garçon ! *(Regardant autour d'elle.)* Mais dis-moi, Berte, — pourquoi as-tu fait ça ? Enlevé les housses des meubles ?

BERTE. — C'est madame qui m'a dit de le faire. Elle n'aime pas les housses sur les fauteuils, qu'elle a dit.

Mlle TESMAN. — Ils comptent se tenir ici, — tous les jours ?

BERTE. — Il paraît que oui. D'après madame, en tout cas. Car lui, — le docteur, — il n'a rien dit.

Jörgen Tesman apparaît à droite dans le salon du fond. Il chantonne et porte une valise vide. C'est un homme d'allure assez jeune, de taille moyenne, âgé de trente-trois ans, avec un léger embonpoint, un visage rond et souriant, des cheveux et une barbe blonds, portant des lunettes et négligemment vêtu d'un costume d'intérieur confortable.

Mlle TESMAN. — Bonjour, bonjour, Jörgen !

TESMAN *(dans l'ouverture du fond)*. — Tante Julie ! Chère tante Julie ! *(Allant vers elle ; lui serrant la main.)* Venue jusqu'ici, — de si bonne heure ! Hein ?

Mlle TESMAN. — Oui, tu penses bien que je devais passer vous voir.

TESMAN. — Alors que tu n'as même pas pu te reposer de la nuit !

Mlle TESMAN. — Oh, ça ne fait rien.

TESMAN. — Enfin, tu es bien rentrée de l'embarcadère ? Hein ?

Mlle TESMAN. — Bien sûr, — Dieu merci. Le juge Brack a eu l'amabilité de me raccompagner jusqu'à ma porte.

TESMAN. — Nous étions désolés de ne pas pouvoir te prendre dans la voiture. Mais tu as bien vu. Hedda avait tant de cartons.

Mlle TESMAN. — Oui, elle avait vraiment beaucoup de cartons.

BERTE *(à Tesman)*. — Je devrais peut-être aller voir si je peux aider madame ?

TESMAN. — Merci, Berte, — il ne vaut mieux pas. Si elle a besoin de toi, elle sonnera, a-t-elle dit.

BERTE *(se dirigeant vers la droite)*. — Bon, bon.

TESMAN. — Tiens, — emporte-moi cette valise.

BERTE *(prenant la valise)*. — Celle-là, je vais la mettre au grenier.

Elle sort par la porte du vestibule.

TESMAN. — Pense donc, tante Julie, — toute cette valise était pleine de copies. C'est incroyable, ce que j'ai pu dénicher dans les archives. Des tas de curiosités que personne ne connaissait.

Mlle TESMAN. — Oui, oui, toi, tu n'as pas perdu ton temps pendant ton voyage de noces, Jörgen.

TESMAN. — Non, ça, je peux le dire. Mais enlève donc ton chapeau, tante. Voilà ! Laisse-moi dénouer le ruban. Hein ?

Mlle TESMAN *(pendant qu'il dénoue le ruban)*. — Mon Dieu, — c'est comme si tu étais encore à la maison, chez nous.

TESMAN *(tournant et retournant le chapeau)*. — Eh bien, — quel magnifique chapeau tu t'es offert !

Mlle TESMAN. — Je l'ai acheté en l'honneur de Hedda.

TESMAN. — En l'honneur de Hedda ? Comment cela ?

Mlle TESMAN. — Oui, pour que Hedda n'ait pas honte de moi s'il nous arrive de nous promener ensemble.

TESMAN *(lui caressant la joue)*. — Tu penses toujours à tout, tante Julie ! *(Posant le chapeau sur une chaise près de la table.)* Et maintenant, — hein, — maintenant nous allons nous asseoir sur le canapé. Et bavarder un peu avant l'arrivée de Hedda.

Ils s'assoient. Mlle Tesman pose son ombrelle dans le coin près du canapé.

Mlle TESMAN *(lui prenant les deux mains, puis le regardant)*. — Quel bonheur de t'avoir à nouveau devant mes yeux, en chair et en os, Jörgen ! Oh ! toi — le propre fils de feu Jochum !

Tesman. — Et pour moi, donc ! De te revoir, tante Julie. Toi qui m'as servi à la fois de mère et de père.

Mlle Tesman. — Oui, je sais bien que tu continueras d'aimer tes vieilles tantes.

Tesman. — Vraiment, il n'y a aucune amélioration dans l'état de tante Rina ? Hein ?

Mlle Tesman. — Hélas, — il n'y a aucune amélioration à espérer pour elle, la pauvre. Elle est toujours couchée, depuis toutes ces années. Mais le Seigneur veuille que je la garde encore un peu ! Car sinon, je ne sais pas ce que je vais faire de ma pauvre vie, Jörgen. Surtout maintenant, vois-tu, que je n'ai plus à m'occuper de toi.

Tesman (*lui donnant de petites tapes dans le dos*). — Allons, allons !

Mlle Tesman (*changeant soudain de ton*). — Dire que tu es un homme marié, Jörgen ! — Et que c'est toi qui as conquis Hedda Gabler ! La belle Hedda Gabler. Pense donc ! Elle qui était entourée de tant de chevaliers servants !

Tesman (*chantonnant un peu ; avec un sourire satisfait*). — Oui, je dois avoir pas mal de bons amis qui se promènent en ville en étant jaloux de moi. Hein ?

Mlle Tesman. — Et que tu aies pu faire un si long voyage de noces ! Plus de cinq mois, — presque six.

TESMAN. — Eh bien, — pour moi c'était aussi un voyage d'études. Toutes ces archives qu'il m'a fallu dépouiller. Et cette quantité de livres que j'ai dû lire !

Mlle TESMAN. — Oui, c'était sans doute nécessaire. *(Baissant la voix ; d'un ton complice.)* Mais dis-moi, Jörgen, — tu n'as rien de — de particulier à me raconter ?

TESMAN. — À propos du voyage ?

Mlle TESMAN. — Oui.

TESMAN. — Non, à part ce que je t'ai écrit, je ne vois rien. Que j'ai passé mon doctorat là-bas, — ça, je te l'ai dit hier.

Mlle TESMAN. — Oui, ce genre de choses. Mais, je veux dire, — tu n'as pas de — d'espérances ?

TESMAN. — Espérances ?

Mlle TESMAN. — Mon Dieu, Jörgen — après tout, je suis ta vieille tante !

TESMAN. — Bien sûr que j'ai des espérances.

Mlle TESMAN. — Enfin !

TESMAN. — J'ai les meilleures espérances de devenir professeur, un de ces jours.

Mlle TESMAN. — Professeur, oui...

TESMAN. — Ou, — je peux même dire que j'en suis sûr. Mais ma chère tante Julie, — ça, tu le sais déjà !

Mlle TESMAN *(riant doucement)*. — Bien sûr que je le
sais. Tu as tout à fait raison. *(Changeant de ton.)*
— Mais nous parlions de ce voyage. — Il a dû te
coûter beaucoup, beaucoup d'argent, Jörgen ?

TESMAN. — Mon Dieu, — la bourse importante que
j'avais obtenue m'a bien aidé, en partie.

Mlle TESMAN. — Pourtant, je n'arrive pas à comprendre comment elle a pu suffire pour deux.

TESMAN. — Non, non, ce n'est pas facile à comprendre.
Hein ?

Mlle TESMAN. — Surtout quand on voyage avec une
dame. Il paraît que ça revient beaucoup, beaucoup
plus cher.

TESMAN. — Oui, bien sûr, — c'est un peu plus cher.
Mais je devais ce voyage à Hedda, tante ! Je le lui
devais. Il était impensable qu'il en soit autrement.

Mlle TESMAN. — Oui, oui, sans doute. Un voyage de
noces, c'est presque obligatoire de nos jours.
— Mais, dis-moi, — as-tu trouvé le temps de bien
visiter la maison ?

TESMAN. — Ça, tu peux me croire. Je n'arrête pas,
depuis qu'il fait jour.

Mlle TESMAN. — Et qu'est-ce que tu en dis, de tout
ça ?

TESMAN. — Parfait ! Absolument parfait ! Seulement,
je me demande à quoi peuvent bien servir les deux

chambres vides qui se trouvent entre le petit salon et la chambre de Hedda.

Mlle TESMAN *(riant doucement)*. — Oh, mon cher Jörgen, elles pourraient bien servir, — plus tard.

TESMAN. — Oui, tu as raison, tante Julie ! Au fur et à mesure que ma bibliothèque s'agrandira. Hein ?

Mlle TESMAN. — Exactement, mon garçon. C'est à ta bibliothèque que je pensais.

TESMAN. — C'est surtout pour Hedda que je suis content. Avant nos fiançailles, elle disait sans cesse que jamais elle ne voudrait vivre ailleurs que dans la villa de la présidente Falk.

Mlle TESMAN. — Oui, pense donc, — et il s'est trouvé qu'elle était à vendre. Juste après votre départ.

TESMAN. — Eh oui, tante Julie, on a eu de la chance. Hein ?

Mlle TESMAN. — Mais à quel prix, mon garçon ! Ça va être très cher pour toi, — tout ça.

TESMAN *(la regardant d'un air découragé)*. — Oui, peut-être, tante.

Mlle TESMAN. — Oh, mon Dieu !

TESMAN. — Combien, à ton avis ? À peu près ? Hein ?

Mlle TESMAN. — Oh, impossible de le savoir avant d'avoir reçu les comptes.

TESMAN. — Heureusement, le juge Brack a pu m'obtenir des conditions très avantageuses. Il l'a écrit à Hedda.

Mlle TESMAN. — Pour ça, tu n'as pas de soucis à te faire, mon garçon. — Et pour les meubles et les tapis, j'ai fourni une caution.

TESMAN. — Une caution ? Ma chère tante Julie, — avec quoi peux-tu fournir une caution ?

Mlle TESMAN. — Avec mes rentes.

TESMAN *(se levant d'un bond)*. — Comment ! Tes — vos rentes à tante Rina et à toi !

Mlle TESMAN. — Oui, je ne voyais pas d'autre solution.

TESMAN *(se postant devant elle)*. — Mais tu es devenue folle, tante ! Ces rentes, c'est tout ce que vous avez pour vivre, tante Rina et toi.

Mlle TESMAN. — Allons, allons, — il ne faut pas te mettre dans des états pareils. C'est uniquement pour la forme, vois-tu. C'est ce que m'a dit le juge Brack. Car c'est lui qui a eu la gentillesse de s'occuper de tout. Uniquement pour la forme, disait-il.

TESMAN. — Oui, peut-être. Et pourtant...

Mlle TESMAN. — Car maintenant, tu auras ton traitement. Et, mon Dieu, si nous y sommes un peu de notre poche ? Si nous sommes obligées de vous aider un peu, au début ? Ce serait un bonheur pour nous, ça.

TESMAN. — Oh, tante, — jamais tu ne cesseras de te sacrifier pour moi !

Mlle TESMAN (*se levant ; lui posant les mains sur les épaules*). — Est-ce que j'ai d'autres joies en ce monde que d'aplanir la route devant toi, mon cher garçon ? Toi qui n'as eu ni père ni mère sur qui t'appuyer. Et maintenant, nous touchons au but ! Parfois, l'avenir pouvait paraître sombre. Mais, Dieu merci, désormais tu as pris le dessus, Jörgen !

TESMAN. — Oui, c'est étrange, au fond, comme tout s'est arrangé.

Mlle TESMAN. — Oui, — et ceux qui étaient contre toi, — ceux qui voulaient te barrer la route, — ils doivent se résigner à avoir le dessous. Ils sont tombés, Jörgen ! Et celui qui était le plus dangereux, — il est tombé le plus bas. — Comme il a fait son lit, il s'est couché, — le pauvre désespéré.

TESMAN. — Tu as des nouvelles d'Ejlert ? Depuis mon départ, je veux dire.

Mlle TESMAN. — Aucune. J'ai seulement entendu dire qu'il a publié un nouveau livre.

TESMAN. — Comment ! Ejlert Lövborg ? récemment ?

Mlle TESMAN. — Oui, on le dit. Dieu sait s'il peut avoir une quelconque valeur. Non, quand ton livre à toi paraîtra, — ça, ce sera autre chose, Jörgen ! Il parlera de quoi ?

TESMAN. — Il parlera de l'artisanat dans le Brabant au Moyen Âge.

Mlle TESMAN. — Quand je pense que tu peux écrire sur un sujet pareil !

TESMAN. — Mais ce livre, il ne sera peut-être pas prêt tout de suite. J'ai d'abord tous ces documents à classer.

Mlle TESMAN. — Oui, classer, réunir des documents, ça, tu t'y entends. Tu n'es pas pour rien le fils de feu Jochum.

TESMAN. — J'ai hâte de commencer. Surtout maintenant que j'ai une maison confortable pour travailler.

Mlle TESMAN. — Et que tu as conquis celle que ton cœur désirait, mon cher Jörgen.

TESMAN (*la prenant dans ses bras*). — Oh oui, oui, tante Julie ! Hedda, — voilà ce qu'il y a de plus merveilleux ! (*Regardant vers l'ouverture du fond.*) Je crois qu'elle arrive. Hein ?

Hedda apparaît à gauche dans le salon du fond. C'est une femme de vingt-neuf ans, d'allure et de visage aristocratiques et au teint d'une pâleur mate. Ses yeux clairs, de couleur gris acier, expriment un calme froid. Sa chevelure est d'une belle couleur châtain, mais peu abondante. Elle porte une élégante robe du matin, assez lâche.

Mlle TESMAN (*allant à sa rencontre*). — Bonjour, ma chère Hedda ! Bien le bonjour !

HEDDA (*lui tendant la main*). — Bonjour, chère mademoiselle Tesman ! En visite de si bonne heure ? C'est très aimable de votre part.

Mlle TESMAN *(un peu gênée).* — Alors, — avez-vous bien dormi dans votre nouvelle maison ?

HEDDA. — Oui, merci ; à peu près.

TESMAN *(riant).* — À peu près ! Tu es drôle Hedda ! Tu dormais comme une souche quand je me suis levé.

HEDDA. — Il faut du temps pour s'habituer à tout ce qui est nouveau, mademoiselle Tesman. Ça viendra petit à petit. *(Regardant vers la gauche.)* Tant mieux. D'ailleurs, il faut du temps pour s'habituer... Mince, — la bonne a laissé la porte de la terrasse ouverte. Il y a tout un océan de soleil qui entre.

Mlle TESMAN *(se dirigeant vers la porte).* — Eh bien, — nous allons la fermer.

HEDDA. — Non, non ! Cher Tesman, tire plutôt les rideaux. Ça donnera une lumière plus douce.

TESMAN *(près de la porte).* — Bien, — bien. — Voilà, Hedda, — comme ça tu auras à la fois de l'ombre et de l'air frais.

HEDDA. — De l'air frais, il en faut. Avec toutes ces fleurs. Mais ma chère, — ne voulez-vous pas vous asseoir, mademoiselle Tesman ?

Mlle TESMAN. — Non, merci. Maintenant, je sais que tout va bien, — Dieu soit loué ! Et alors, il va falloir que je pense à rentrer. Retrouver celle qui est couchée et qui m'attend si impatiemment, la pauvre.

TESMAN. — Surtout, dis-lui bonjour de ma part. Dis-lui que je passerai la voir tout à l'heure.

Mlle TESMAN. — Oui, oui, je n'y manquerai pas. Mais au fait, Jörgen... *(Fouillant dans la poche de sa robe.)* J'ai failli l'oublier. J'ai apporté quelque chose pour toi.

TESMAN. — Qu'est-ce que c'est, tante ?

Mlle TESMAN *(sortant un paquet plat enveloppé d'un journal et le lui tendant)*. — Voilà, mon cher garçon.

TESMAN *(ouvrant le paquet)*. — Oh, mon Dieu, — tu les as gardées, tante Julie ! Hedda ! C'est touchant, hein ?

HEDDA *(près de l'étagère à droite)*. — Oui, mon ami, qu'est-ce que c'est ?

TESMAN. — Mes vieilles pantoufles ! Mes pantoufles !

HEDDA. — Ah oui. Je me rappelle que tu en parlais souvent pendant le voyage.

TESMAN. — Oui, elles me manquaient tellement. *(Se dirigeant vers elle.)* Regarde-les, Hedda !

HEDDA *(se dirigeant vers le poêle)*. — Non, merci ; je n'y tiens pas vraiment.

TESMAN *(la suivant)*. — Pense donc, — c'est tante Rina qui les a brodées. Alors qu'elle est si malade. Oh, tu ne peux pas savoir tous les souvenirs qui s'y rattachent.

HEDDA *(près de la table)*. — Pas précisément pour moi.

Mlle TESMAN. — Hedda a raison. Il faut en convenir, Jörgen.

TESMAN. — Oui, mais maintenant qu'elle fait partie de la famille.

HEDDA *(l'interrompant)*. — Avec cette bonne, ça n'ira jamais, Tesman.

Mlle TESMAN. — Avec Berte ?

TESMAN. — Ma chérie, — qu'est-ce qui te fait dire ça ? Hein ?

HEDDA *(désignant du doigt)*. — Regarde ! Elle laisse traîner son vieux chapeau sur la chaise.

TESMAN *(effrayé ; laissant tomber les pantoufles)*. — Mais Hedda !

HEDDA. — Si quelqu'un voyait ça.

TESMAN. — Mais Hedda, — c'est le chapeau de tante Julie !

HEDDA. — Vraiment ?

Mlle TESMAN *(prenant le chapeau)*. — Oui, il est à moi et d'ailleurs, il n'est pas vieux, ma petite Hedda.

HEDDA. — Je ne l'ai pas vraiment regardé, mademoiselle Tesman.

Mlle TESMAN *(nouant le ruban du chapeau)*. — C'est même la première fois que je le porte. Oui, par Dieu, c'est la première fois.

TESMAN. — Et il est superbe. Vraiment magnifique !

Mlle TESMAN. — N'exagérons rien, mon cher Jörgen.
(Regardant autour d'elle.) L'ombrelle ? Ah, la voilà.
(La prenant.) Car l'ombrelle aussi est à moi. *(Mur-
murant.)* Pas à Berte.

TESMAN. — Chapeau neuf et ombrelle neuve ! Pense
donc, Hedda !

HEDDA. — Tout cela est beau et charmant.

TESMAN. — Oui, n'est-ce pas ? Hein ? Mais tante,
regarde donc un peu Hedda avant de partir. Vois
comme elle est belle et charmante.

Mlle TESMAN. — Oh, mon cher, là, rien de neuf. Hedda
a toujours été ravissante.

Elle salue et se dirige vers la droite.

TESMAN *(la suivant)*. — Oui, mais tu as vu comme elle
a pris de l'embonpoint ? Comme elle a grossi pendant le voyage ?

HEDDA *(faisant quelques pas)*. — Oh, tais-toi !

Mlle TESMAN *(s'arrêtant ; se retournant)*. — Grossi ?

TESMAN. — Oui, tante Julie, tu ne peux pas t'en rendre
compte quand elle porte cette robe. Mais moi qui ai
l'occasion de...

HEDDA *(près de la porte vitrée ; avec impatience)*. —
Tu n'as l'occasion de rien du tout !

TESMAN. — Ça doit être l'air de la montagne, là-bas,
dans le Tyrol.

HEDDA *(d'un ton bref ; l'interrompant)*. — Je suis exactement la même qu'à mon départ.

TESMAN. — C'est ce que tu prétends. Mais ce n'est pas vrai. N'est-ce pas, tante ?

Mlle TESMAN *(après avoir joint les mains ; la fixant des yeux)*. — Belle, — belle, — comme elle est belle, Hedda. *(Se dirigeant vers elle, lui prenant la tête des deux mains et la penchant vers elle, puis l'embrassant sur les cheveux.)* Dieu bénisse et protège Hedda Tesman. Pour Jörgen.

HEDDA *(se dégageant doucement)*. — Oh ! Lâchez-moi.

Mlle TESMAN *(tendrement émue)*. — Tous les jours je viendrai vous voir.

TESMAN. — Oui, s'il te plaît, tante ! Hein ?

Mlle TESMAN. — Au revoir, — à demain !

Elle sort par la porte du vestibule. Tesman la raccompagne. La porte reste entrouverte. On entend Tesman renouveler ses salutations pour tante Rina et ses remerciements pour les pantoufles.

Pendant ce temps, Hedda fait quelques pas, lève les bras, ferme les poings de rage. Puis elle ouvre les rideaux de la porte vitrée et regarde au-dehors.

Après un temps, Tesman rentre, refermant la porte derrière lui.

TESMAN *(ramassant les pantoufles)*. — Qu'est-ce que tu regardes, Hedda ?

HEDDA *(de nouveau calme et maîtresse d'elle)*. — Je regarde le feuillage. Il est tout jaune. Tout fané.

TESMAN *(enveloppant les pantoufles, puis les posant sur la table)*. — C'est que nous sommes déjà en septembre.

HEDDA *(de nouveau agitée)*. — Oui, dire que, — que nous sommes déjà en — en septembre.

TESMAN. — Tu n'as pas trouvé tante Julie bizarre ? Presque solennelle ? Qu'est-ce qui lui a pris, à ton avis ? Hein ?

HEDDA. — Je ne la connais pour ainsi dire pas. Elle n'est pas comme ça d'habitude ?

TESMAN. — Non, pas comme aujourd'hui.

HEDDA *(s'éloignant de la porte vitrée)*. — Tu penses qu'elle est fâchée à cause de cette histoire avec le chapeau ?

TESMAN. — Pas vraiment. Peut-être un peu, sur le moment...

HEDDA. — Mais quelle idée, aussi, de laisser traîner son chapeau dans le salon ! Ça ne se fait pas.

TESMAN. — Tu peux être sûre qu'elle ne le fera plus.

HEDDA. — D'ailleurs, j'arrangerai les choses avec elle.

TESMAN. — Oui, ma chère Hedda, si tu voulais bien le faire !

HEDDA. — Quand tu iras les voir tout à l'heure, tu n'as qu'à l'inviter pour ce soir.

TESMAN. — Oui, je n'y manquerai pas. Et puis, il y a une chose qui lui ferait tellement plaisir.

HEDDA. — Eh bien ?

TESMAN. — Si seulement tu pouvais faire l'effort de la tutoyer. Pour moi, Hedda. Hein ?

HEDDA. — Non, non, Tesman, — pour l'amour du ciel, ne me demande pas ça. Je te l'ai déjà dit. Je vais essayer de l'appeler tante. Ce sera bien assez.

TESMAN. — Oui, oui. Mais je trouve que puisque tu fais maintenant partie de la famille.

HEDDA. — Hm, — je ne sais pas.

Elle se dirige vers l'ouverture du fond.

TESMAN *(après un temps)*. — Tu es contrariée ? Hein ?

HEDDA. — Je regardais seulement mon vieux piano. Il ne va pas avec le reste.

TESMAN. — Dès que j'aurai mon traitement, nous le changerons.

HEDDA. — Non, non, — pas ça. Je ne veux pas m'en séparer. Mettons-le plutôt dans la pièce du fond. Et achetons-en un autre pour ici. À l'occasion, je veux dire.

TESMAN *(un peu découragé)*. — Oui, — voilà ce que nous allons faire.

HEDDA *(prenant le bouquet posé sur le piano)*. — Ces fleurs n'étaient pas là quand nous sommes arrivés.

TESMAN. — C'est sans doute tante Julie qui te les a apportées.

HEDDA *(examinant le bouquet)*. — Une carte de visite. *(Prenant la carte ; lisant.)* « Je reviendrai plus tard. » Peux-tu deviner de qui elles sont ?

TESMAN. — Non. De qui ? Hein ?

HEDDA. — C'est écrit « Mme la préfète Elvsted ».

TESMAN. — Vraiment ? Mme Elvsted ! Mlle Rysing, comme elle s'appelait autrefois.

HEDDA. — Exactement. Celle qui se faisait toujours remarquer avec ses cheveux exaspérants. Une de tes vieilles flammes, à ce qu'il paraît.

TESMAN *(riant)*. — Oh, ça n'a pas duré longtemps. D'ailleurs, c'était avant de te connaître, Hedda. Pense donc, — elle est en ville.

HEDDA. — C'est curieux qu'elle nous rende visite. Je ne la connais pour ainsi dire que du pensionnat.

TESMAN. — Moi non plus, je ne l'ai pas vue depuis — depuis Dieu sait combien d'années. Comment peut-elle supporter de vivre là-haut, dans un trou pareil ? Hein ?

HEDDA *(réfléchissant, puis disant soudain)*. — Écoute, Tesman, — n'est-ce pas quelque part là-haut qu'il vit, — Ejlert Lövborg ?

TESMAN. — Si, c'est dans cette région-là.

Berte apparaît dans l'ouverture de la porte du vestibule.

BERTE. — Madame, c'est encore cette dame qui est passée tout à l'heure déposer des fleurs. *(Désignant du doigt.)* Le bouquet que tient madame.

HEDDA. — Ah, c'est elle ? Faites-la entrer.

Berte ouvre la porte à Mme Elvsted, puis sort. — Mme Elvsted est une femme fluette avec un joli visage aux traits doux. Ses grands yeux ronds, d'un bleu clair, sont légèrement saillants et portent une expression timide et interrogative. Ses cheveux, d'un blond extraordinaire, presque blancs, sont exceptionnellement abondants et bouclés. D'une ou deux années plus jeune qu'Hedda, elle est vêtue d'une toilette de visite sombre, de bon goût, mais pas de la dernière mode.

HEDDA *(affable ; allant à sa rencontre)*. — Bonjour, chère madame Elvsted. Quel plaisir de vous revoir.

Mme ELVSTED *(nerveuse ; cherchant à se maîtriser)*. — Oui, nous ne nous sommes pas vues depuis très longtemps.

TESMAN *(lui tendant la main)*. — Nous deux non plus. Hein ?

HEDDA. — Merci pour vos ravissantes fleurs.

Mme ELVSTED. — Oh, je vous en prie. Je voulais venir hier après-midi. Mais on m'a dit que vous étiez en voyage.

TESMAN. — Vous venez d'arriver en ville ? Hein ?

Mme ELVSTED. — Je suis arrivée hier à midi. Oh, j'étais au désespoir quand j'ai appris que vous n'étiez pas là.

HEDDA. — Au désespoir ? Pourquoi ?

TESMAN. — Mais ma chère madame Rysing, — madame Elvsted, je veux dire.

HEDDA. — Il ne vous est rien arrivé de mal, au moins ?

Mme ELVSTED. — Si. Et en dehors de vous, je ne vois personne dans cette ville vers qui me tourner.

HEDDA *(posant le bouquet sur la table)*. — Venez ; asseyons-nous sur le canapé.

Mme ELVSTED. — Oh, je n'ai pas l'esprit à m'asseoir !

HEDDA. — Bien sûr que si. Venez.

Elle force Mme Elvsted à s'asseoir sur le canapé, puis s'assied à côté d'elle.

TESMAN. — Eh bien ? Qu'y a-t-il, madame ?

HEDDA. — Il s'est passé quelque chose là-haut, chez vous ?

Mme ELVSTED. — Oui, — et non. Oh, — je ne voudrais surtout pas que vous vous mépreniez.

HEDDA. — Alors, vous feriez mieux de parler franchement, madame Elvsted.

TESMAN. — Car c'est sans doute pour cela que vous êtes venue. Hein ?

Mme ELVSTED. — Oui, oui, — c'est pour cela. Et alors, il faut que je vous dise, — si vous ne le savez pas déjà, — qu'Ejlert Lövborg est en ville.

HEDDA. — Lövborg !

TESMAN. — Ah, Lövborg est de retour ! Pense donc, Hedda !

HEDDA. — J'ai parfaitement entendu.

Mme ELVSTED. — Il est ici depuis une semaine, déjà. Figurez-vous, — une semaine entière ! Dans cette ville dangereuse. Tout seul ! Avec toute la mauvaise compagnie qu'on trouve ici.

HEDDA. — Mais, ma chère madame Elvsted, — en quoi Lövborg vous concerne-t-il ?

Mme ELVSTED *(la regardant avec frayeur, puis disant vivement).* — Il a été le précepteur des enfants.

HEDDA. — De vos enfants ?

Mme ELVSTED. — De ceux de mon mari. Moi, je n'en ai pas.

HEDDA. — De vos beaux-enfants, alors.

Mme ELVSTED. — Oui.

TESMAN *(cherchant ses mots).* — Avait-il, — comment dire ? — avait-il une — une vie suffisamment bien réglée pour qu'on puisse lui confier une pareille tâche ? Hein ?

Mme ELVSTED. — Depuis quelques années, il n'y a rien à redire à son sujet.

TESMAN. — Vraiment ? Pense donc, Hedda !

HEDDA. — J'ai entendu.

Mme ELVSTED. — Rien à redire, je vous assure ! À aucun point de vue. Et pourtant... Maintenant que je le sais ici, — dans cette grande ville... Et avec tout cet argent entre les mains. Maintenant je suis dans une angoisse mortelle pour lui.

TESMAN. — Mais pourquoi n'est-il pas resté là-haut ? Chez vous et votre mari ? Hein ?

Mme ELVSTED. — Quand le livre est paru, il ne tenait plus en place là-haut, chez nous.

TESMAN. — Oui, c'est vrai, — tante Julie a dit qu'il avait publié un nouveau livre.

Mme ELVSTED. — Oui, un grand livre, qui parle de l'évolution des civilisations, — d'une manière générale. Et comme il s'est bien vendu et qu'on l'a beaucoup lu, — et qu'il a eu un grand succès...

TESMAN. — Vraiment ? Ça doit être quelque chose qu'il avait gardé de sa bonne période.

Mme ELVSTED. — D'autrefois, vous voulez dire ?

TESMAN. — Oui.

Mme ELVSTED. — Non, il a tout écrit là-haut, chez nous. Pendant ces dernières années.

TESMAN. — Voilà qui fait plaisir à entendre, Hedda ! Pense donc !

Mme ELVSTED. — Si seulement ça pouvait continuer !

HEDDA. — L'avez-vous rencontré en ville ?

Mme ELVSTED. — Non, pas encore. J'ai eu beaucoup de mal à trouver son adresse. Mais ce matin, j'ai enfin pu l'avoir.

HEDDA *(la scrutant des yeux)*. — Au fond, je trouve étrange que votre mari — hm...

Mme ELVSTED *(avec un sursaut nerveux)*. — Mon mari ! Comment ça ?

HEDDA. — Qu'il vous envoie en ville pour une telle mission. Qu'il ne vienne pas lui-même prendre des nouvelles de son ami.

Mme ELVSTED. — Non, non, — mon mari n'avait pas le temps. Et puis, j'avais — j'avais quelques courses à faire.

HEDDA *(avec un léger sourire)*. — Ah, ça, c'est une autre affaire.

Mme ELVSTED *(agitée ; se levant vivement)*. — Et maintenant je vous en supplie, monsieur Tesman, — faites un accueil chaleureux à Ejlert Lövborg s'il vient vous voir ! Car il viendra sûrement. Mon Dieu, — autrefois, vous étiez si bons amis. Et puis, vous vous occupez des mêmes recherches. De la même science, — si j'ai bien compris.

TESMAN. — Autrefois, en tout cas.

Mme ELVSTED. — Oui, et c'est pour ça que je vous demande si instamment, — à vous aussi, — de veiller sur lui. Oh, n'est-ce pas, monsieur Tesman, — vous me le promettez ?

TESMAN. — Bien volontiers, madame Rysing.

HEDDA. — Elvsted.

TESMAN. — Je ferai tout ce qui est en mon pouvoir pour Ejlert. Vous pouvez y compter.

Mme ELVSTED. — Oh, comme c'est gentil de votre part ! *(Lui serrant les mains.)* Merci, merci, merci ! *(Effrayée.)* Oui, car mon mari l'aime beaucoup.

HEDDA *(se levant).* — Tu devrais lui écrire un mot, Tesman. Car il ne viendra peut-être pas de sa propre initiative.

TESMAN. — Oui, ce serait peut-être plus correct, Hedda. Hein ?

HEDDA. — Le plus tôt sera le mieux. Tout de suite même.

Mme ELVSTED *(suppliant).* — Oh, si vous vouliez bien !

TESMAN. — Je vais lui écrire immédiatement. Avez-vous son adresse, madame — madame Elvsted ?

Mme ELVSTED. — Oui. *(Sortant un petit billet de sa poche et le lui tendant.)* La voici.

TESMAN. — Bien, bien. J'y vais. *(Regardant autour de lui.)* Ah, c'est vrai, — mes pantoufles ? Les voilà. *(Prenant le paquet, puis faisant mine de sortir.)*

HEDDA. — Écris-lui une lettre amicale et chaleureuse. Et bien longue.

TESMAN. — Oui, c'est ce que je vais faire.

Mme ELVSTED. — Mais surtout, pas un mot de ma démarche !

TESMAN. — Non, cela va de soi. Hein ?

Il sort par la pièce du fond.

HEDDA *(rejoignant Mme Elvsted, puis disant à voix basse, avec un sourire).* — Nous avons fait d'une pierre deux coups.

Mme ELVSTED. — Que voulez-vous dire ?

HEDDA. — Vous n'avez pas compris que je voulais l'éloigner ?

Mme ELVSTED. — Oui, pour qu'il écrive cette lettre.

HEDDA. — Et pour pouvoir vous parler seule à seule.

Mme ELVSTED *(désorientée).* — Toujours à propos de ça ?

HEDDA. — Exactement.

Mme ELVSTED *(angoissée).* — Mais il n'y a rien d'autre, madame Tesman ! Vraiment rien d'autre !

HEDDA. — Si. Il y a beaucoup d'autres choses. Ça au moins, je l'ai compris. Venez, — installons-nous ici pour causer ensemble, en toute confiance.

Elle force Mme Elvsted à s'asseoir dans le fauteuil près du poêle, puis s'assied elle-même sur un des tabourets.

Mme ELVSTED *(regardant sa montre avec angoisse).* — Mais, ma chère madame... À vrai dire, j'avais l'intention de partir.

HEDDA. — Oh, ça ne presse pas. — Eh bien ? Racontez-moi comment cela se passe dans votre foyer.

Mme ELVSTED. — Oh, c'est justement ce dont je voulais surtout éviter de parler.

HEDDA. — Mais à moi, chère amie ? Mon Dieu, nous étions pourtant en pension ensemble.

Mme ELVSTED. — Oui, mais vous étiez une classe au-dessus de moi. Oh, comme j'avais peur de vous à l'époque !

HEDDA. — Peur de moi ?

Mme ELVSTED. — Oui. Une peur terrible. Car lorsque je vous croisais dans les escaliers, vous me tiriez toujours les cheveux.

HEDDA. — Vraiment ?

Mme ELVSTED. — Oui, et une fois vous m'avez dit que vous alliez me les brûler.

HEDDA. — Oh, ce n'était qu'une plaisanterie, bien sûr.

Mme ELVSTED. — Oui, mais à l'époque j'étais tellement bête. — Et après, — nous nous sommes tellement éloignées l'une de l'autre. Nos milieux sont si différents.

HEDDA. — Raison de plus pour nous rapprocher. Écoutez. En pension, nous nous disions « tu ». Et nous nous appelions par nos prénoms.

Mme ELVSTED. — Non, je crois que vous vous trompez.

HEDDA. — Pas du tout. Je m'en souviens parfaitement. C'est pourquoi nous allons redevenir intimes, comme autrefois. *(Approchant son tabouret.)* Voilà ! *(L'embrassant sur la joue.)* Maintenant tu vas me dire « tu » et m'appeler Hedda.

Mme ELVSTED *(lui serrant les mains ; les caressant).* — Oh, tant de bonté, tant d'amitié ! Je n'en ai guère l'habitude.

HEDDA. — Allons, allons. Et moi aussi, je te dirai « tu », comme autrefois, et je t'appellerai ma chère Thora.

Mme ELVSTED. — Je m'appelle Thea.

HEDDA. — En effet. Bien sûr. Thea, voulais-je dire. *(La regardant avec compassion.)* Ainsi, tu n'es pas habituée à la bonté et à l'amitié, Thea ? Dans ton propre foyer ?

Mme ELVSTED. — Oh, si seulement j'avais un foyer. Mais je n'en ai pas. Je n'en ai jamais eu.

HEDDA *(la regardant un moment).* — Je m'en doutais un peu.

Mme ELVSTED *(regardant désespérément droit devant elle)*. — Oui, — oui, — oui.

HEDDA. — Je ne m'en souviens plus vraiment. N'était-ce pas d'abord comme gouvernante que tu es arrivée là-haut, chez le préfet ?

Mme ELVSTED. — En réalité, je devais m'occuper des enfants. Mais sa femme, — sa première femme, — était de santé fragile, — et alitée la plupart du temps. Et j'ai dû m'occuper aussi de la maison.

HEDDA. — Et puis, — à la fin, — tu es devenue la maîtresse de maison.

Mme ELVSTED *(d'un ton sombre)*. — À la fin, oui.

HEDDA. — Laisse-moi réfléchir. Il y a combien de temps ?

Mme ELVSTED. — Que je me suis mariée ?

HEDDA. — Oui.

Mme ELVSTED. — Il y a environ cinq ans.

HEDDA. — Exactement ; ça doit être ça.

Mme ELVSTED. — Oh, ces cinq années ! Surtout les deux ou trois dernières. Oh, si vous pouviez savoir...

HEDDA *(lui donnant une légère tape sur la main)*. — Vous ? Allons, Thea !

Mme ELVSTED. — Oui, je vais essayer. — Oh, si — si tu pouvais deviner et comprendre...

HEDDA *(négligemment)*. — Ejlert Lövborg est là-haut depuis trois ans environ, je crois.

Mme ELVSTED *(la regardant avec incertitude)*. — Ejlert Lövborg ? Oui.

HEDDA. — Tu l'avais déjà connu en ville ?

Mme ELVSTED. — Pratiquement pas. C'est-à-dire, — de nom, seulement.

HEDDA. — Et puis, — il est venu là-haut, — chez vous ?

Mme ELVSTED. — Oui, il venait nous voir tous les jours. Il devait donner des leçons aux enfants. Car je n'arrivais plus à tout faire.

HEDDA. — Oui, je comprends. — Et ton mari ? Il est sans doute souvent en voyage ?

Mme ELVSTED. — Oui. Vous — tu dois bien t'imaginer que sa charge de préfet l'oblige à de nombreux déplacements dans la région.

HEDDA *(s'appuyant contre l'accoudoir du fauteuil)*. — Thea, — ma pauvre Thea, — il faut tout me raconter, — sans rien omettre.

Mme ELVSTED. — Oui, mais pose-moi des questions, alors.

HEDDA. — Comment est ton mari, Thea ? Je veux dire, — dans la vie de tous les jours. Est-il gentil avec toi ?

Mme ELVSTED *(éludant la question).* — Il est sans doute persuadé qu'il fait tout pour le mieux.

HEDDA. — Il me semble qu'il doit être beaucoup trop âgé pour toi. Il a bien vingt ans de plus que toi, non ?

Mme ELVSTED *(avec irritation).* — Il y a cela aussi. Cela, et tant d'autres choses. Tout en lui me répugne ! Nous n'avons pas une seule pensée commune. Rien.

HEDDA. — Mais il t'aime pourtant ? À sa manière ?

Mme ELVSTED. — Oh, je ne sais pas. Je pense que je lui suis utile, tout simplement. Et ça ne lui coûte pas cher de me garder. Je suis bon marché.

HEDDA. — Tu as tort.

Mme ELVSTED *(secouant la tête).* — Je ne peux pas être autrement. Pas avec lui. Je crois qu'il n'aime personne en dehors de lui-même. Peut-être les enfants, un peu.

HEDDA. — Et Ejlert Lövborg, Thea.

Mme ELVSTED *(la regardant).* — Ejlert Lövborg ! Comment peux-tu croire ça ?

HEDDA. — Mais, ma chérie, — puisqu'il t'envoie en ville le chercher... *(Avec un sourire presque imperceptible.)* D'ailleurs, tu l'as dit toi-même à Tesman.

Mme ELVSTED *(sursautant nerveusement).* — Et alors ? Oui, je l'ai dit. *(S'exclamant doucement.)* Non, autant te le raconter tout de suite. Car ça finira bien par se savoir.

HEDDA. — Mais, ma chère Thea ?

Mme ELVSTED. — Eh bien, je vais être brève. Mon mari ne sait pas que je suis partie.

HEDDA. — Comment ! Ton mari ne le sait pas !

Mme ELVSTED. — Non, bien sûr. Il n'était pas là. Il était en voyage, lui aussi. Oh, je ne pouvais plus tenir, Hedda ! C'était impossible ! Me retrouver toute seule là-haut.

HEDDA. — Oui ? Et puis ?

Mme ELVSTED. — J'ai pris quelques affaires, vois-tu. Juste le nécessaire. En cachette. Puis j'ai quitté la maison.

HEDDA. — Comme ça ?

Mme ELVSTED. — Oui. Puis j'ai pris le train jusqu'en ville.

HEDDA. — Mais ma chère Thea, — comment as-tu osé !

Mme ELVSTED *(se levant, puis faisant quelques pas).* — Que pouvais-je faire d'autre !

HEDDA. — Mais que va dire ton mari quand tu rentreras ?

Mme ELVSTED *(près de la table ; la regardant).* — Là-haut, chez lui ?

HEDDA. — Oui, — oui ?

Mme ELVSTED. — Jamais je n'y retournerai.

HEDDA *(se levant, puis s'approchant d'elle)*. — Ainsi, — pour de bon, — tu as tout quitté ?

Mme ELVSTED. — Oui. Il m'a semblé que je ne pouvais pas faire autrement.

HEDDA. — Et puis, — dire que tu es partie aussi ouvertement.

Mme ELVSTED. — Oh, ces choses-là, il n'y a pas moyen de les cacher.

HEDDA. — Mais que vont dire les gens ?

Mme ELVSTED. — Qu'ils disent ce qu'ils veulent. *(Fatiguée ; s'asseyant avec difficulté sur le canapé.)* Car je n'ai fait que ce que je devais faire.

HEDDA *(après un bref silence)*. — Que comptes-tu faire, maintenant ? Que vas-tu devenir ?

Mme ELVSTED. — Je ne sais pas encore. Je sais seulement que je dois vivre là où est Ejlert Lövborg. Si je dois continuer à vivre, du moins.

HEDDA *(prenant une chaise près de la table, puis s'asseyant près de Mme Elvsted, lui caressant les mains)*. — Thea, — comment est née cette — cette amitié entre Ejlert Lövborg et toi ?

Mme ELVSTED. — Elle est née petit à petit. J'ai fini par avoir une sorte de pouvoir sur lui.

HEDDA. — Vraiment ?

Mme Elvsted. — Il a quitté ses vieilles habitudes. Pas sur ma demande. Car jamais je n'aurais osé le lui demander. Mais il a dû s'apercevoir que ça ne me plaisait pas. Et il y a renoncé.

Hedda *(dissimulant un sourire de mépris)*. — Ainsi, tu l'as relevé, — comme on dit, — ma petite Thea.

Mme Elvsted. — C'est ce qu'il dit, du moins. Et lui, — de son côté, — il a fait de moi un véritable être humain. Il m'a appris à réfléchir, — et à comprendre beaucoup de choses.

Hedda. — Il t'a peut-être donné des leçons, à toi aussi ?

Mme Elvsted. — Non, pas vraiment. Mais il me parlait. Il me parlait de tant de choses. Et puis, il y a eu cette période merveilleuse où j'ai eu le bonheur de participer à son travail. Où il m'a permis de l'aider.

Hedda. — Car il te l'a permis ?

Mme Elvsted. — Oui ! Quand il écrivait, il fallait toujours que nous soyons ensemble.

Hedda. — Comme deux bons camarades.

Mme Elvsted *(animée.)*. — Des camarades ! Oui, figure-toi, Hedda, — c'est ce qu'il disait aussi ! — Oh, je devrais être si heureuse. Mais je n'y arrive pas. Car je ne sais pas si ça va durer.

Hedda. — C'est toute la confiance que tu as en lui ?

Mme ELVSTED *(tristement)*. — Il y a l'ombre d'une femme entre Ejlert Lövborg et moi.

HEDDA *(la regardant attentivement)*. — De qui peut-il s'agir ?

Mme ELVSTED. — Je ne sais pas. Quelqu'un de — de son passé. Quelqu'un qu'il n'a sans doute jamais oublié.

HEDDA. — Qu'a-t-il dit, — à ce sujet ?

Mme ELVSTED. — Il n'y a fait qu'une vague allusion, — une seule fois.

HEDDA. — Voyons ! Et qu'a-t-il dit ?

Mme ELVSTED. — Il a dit qu'au moment de leur séparation, elle a voulu lui tirer dessus avec un pistolet.

HEDDA *(se maîtrisant ; d'un ton froid)*. — Comment ! Cela ne se fait pas.

Mme ELVSTED. — Non. Et c'est pourquoi je pense qu'il doit s'agir de cette chanteuse rousse qu'il...

HEDDA. — Oui, c'est bien possible.

Mme ELVSTED. — Car je me souviens qu'on racontait qu'elle se promenait toujours avec une arme chargée.

HEDDA. — Alors, ça doit être elle.

Mme ELVSTED *(se tordant les mains)*. — Oui, mais figure-toi, Hedda, — je viens d'apprendre que cette chanteuse, — elle est de nouveau en ville ! Oh, — je suis au désespoir...

HEDDA *(jetant un œil en direction du salon du fond).*
— Chut ! Tesman arrive. *(Se levant ; chuchotant.)*
Thea, — tout ceci doit rester entre toi et moi.

Mme ELVSTED *(se levant d'un bond).* — Oh oui,
— oui ! Pour l'amour du ciel !

Jörgen Tesman, une lettre à la main, entre par la
gauche à travers la pièce du fond.

TESMAN. — Voilà, — l'épître est achevée.

HEDDA. — Parfait. Mais madame Elvsted doit partir,
je crois. Attends. Je vais te raccompagner jusqu'au
portail.

TESMAN. — Dis-moi, Hedda, — Berte pourrait peut-
être se charger de ceci ?

HEDDA *(prenant la lettre).* — Je lui en donnerai l'ordre.

Berte entre par la porte du vestibule.

BERTE. — Le juge Brack est là. Il voudrait vous saluer.

HEDDA. — Faites entrer le juge. Puis, — mettez cette
lettre à la boîte.

BERTE *(prenant la lettre).* — Bien, madame.

Elle ouvre la porte au juge Brack, puis sort. Le juge
est un homme de quarante-cinq ans, trapu, mais bien
bâti et aux mouvements souples. Visage rond au profil
noble, cheveux courts, encore presque noirs et soigneu-
sement coiffés, yeux vifs et regard mobile, sourcils
épais, tout comme la moustache aux pointes écourtées.
Il est vêtu d'une élégante tenue de promenade un peu

trop jeune pour son âge et porte un pince-nez qu'il
laisse tomber de temps à autre.

BRACK *(saluant, son chapeau à la main).* — Puis-je
me permettre de venir vous saluer de si bonne
heure ?

HEDDA. — Bien sûr que vous le pouvez.

TESMAN *(lui serrant la main).* — Vous êtes toujours le
bienvenu. *(Faisant les présentations.)* Le juge Brack
— mademoiselle Rysing.

HEDDA. — Oh !

BRACK *(s'inclinant).* — Très heureux.

HEDDA *(le regardant en riant).* — C'est amusant de
vous regarder en plein jour.

BRACK. — Vous me trouvez changé, — peut-être ?

HEDDA. — Légèrement rajeuni, dirais-je.

BRACK. — Merci.

TESMAN. — Mais que dites-vous de Hedda ? Hein ?
N'a-t-elle pas l'air épanoui ? Elle est tout bonne-
ment...

HEDDA. — Oh, je t'en prie. Remercie plutôt le juge
Brack pour tout le mal qu'il s'est donné.

BRACK. — Comment, — mais ce fut un plaisir.

HEDDA. — Oui, vous êtes une âme fidèle. Mais mon
amie brûle de partir. À tout de suite. Je reviens à
l'instant.

Saluts réciproques. Mme Elvsted et Hedda sortent par la porte du vestibule.

BRACK. — Eh bien, — votre femme est-elle à peu près satisfaite ?

TESMAN. — Oui, nous ne vous remercierons jamais assez. C'est-à-dire, — il faudra changer quelques meubles de place, peut-être. Et il nous manque aussi certaines choses. Encore quelques petits achats à faire.

BRACK. — Vraiment ?

TESMAN. — Mais vous n'aurez pas besoin de vous en occuper. Hedda a dit qu'elle se chargerait elle-même de ce qui manque. — Si nous nous asseyions ? Hein ?

BRACK. — Merci ; juste un instant. *(S'asseyant près de la table.)* Il y a une chose dont je voudrais vous parler, mon cher Tesman.

TESMAN. — Oui ? Ah, je comprends ! *(S'asseyant.)* C'est sans doute la partie sérieuse de la fête qui commence. Hein ?

BRACK. — Oh, en ce qui concerne l'argent, rien ne presse. Pourtant, je pense que notre installation aurait pu être un peu plus modeste.

TESMAN. — Mais cela n'aurait pas été possible ! Pensez à Hedda, cher ami ! Vous qui la connaissez si bien. Je ne pouvais tout de même pas lui offrir un intérieur de petit-bourgeois !

BRACK. — Non, non, — c'est justement là le problème.

TESMAN. — Et puis, — heureusement, — ma nomination ne saurait tarder.

BRACK. — Ah, voyez-vous, — ces choses-là peuvent parfois traîner en longueur.

TESMAN. — Vous avez des informations ? Hein ?

BRACK. — Rien de précis. *(S'interrompant.)* Au fait, — j'ai une nouvelle à vous annoncer.

TESMAN. — Eh bien ?

BRACK. — Votre vieil ami, Ejlert Lövborg, est de retour en ville.

TESMAN. — Ça, je le sais déjà.

BRACK. — Vraiment ? Comment l'avez-vous appris ?

TESMAN. — C'est elle qui nous l'a dit, cette dame que Hedda vient de raccompagner.

BRACK. — Ah oui. Comment s'appelle-t-elle ? Je n'ai pas entendu.

TESMAN. — Mme Elvsted.

BRACK. — Aha, — la femme du préfet. Oui, — c'est là-haut, chez eux, qu'il a passé ces dernières années.

TESMAN. — Et figurez-vous, — j'apprends aussi à ma grande joie qu'il mène une vie tout à fait rangée.

BRACK. — C'est ce qu'on prétend.

Tesman. — Et il paraît qu'il a publié un nouveau livre. Hein ?

Brack. — En effet !

Tesman. — Qui a même eu du succès.

Brack. — Un succès extraordinaire.

Tesman. — Pensez donc, — ça fait plaisir, n'est-ce pas ? Un talent aussi remarquable. J'étais malheureusement persuadé qu'il avait sombré pour toujours.

Brack. — C'était sans doute l'opinion générale.

Tesman. — Pourtant, je me demande ce qu'il va faire maintenant ! Comment va-t-il pouvoir gagner sa vie ? Hein ?

Pendant les dernières répliques, Hedda est entrée par la porte du vestibule.

Hedda *(à Brack, avec un rire légèrement méprisant).* — Tesman s'inquiète toujours de savoir comment on va gagner sa vie.

Tesman. — Mon Dieu, — nous parlions de ce pauvre Ejlert Lövborg.

Hedda *(lui jetant un rapide coup d'œil).* — Ah oui ? *(S'asseyant dans le fauteuil près du poêle ; négligemment.)* Et qu'y a-t-il, à son sujet ?

Tesman. — Enfin, — son héritage, il y a longtemps qu'il l'a dilapidé. Et il ne peut pas écrire un nouveau livre tous les ans. Hein ? Alors, — je me demande ce qu'il va devenir.

BRACK. — Je pourrai peut-être vous renseigner.

TESMAN. — Oui ?

BRACK. — N'oubliez pas que sa famille a une influence certaine.

TESMAN. — Hélas, — la famille, il y a belle lurette qu'elle l'a laissé tomber.

BRACK. — Autrefois, elle plaçait de grands espoirs en lui.

TESMAN. — Autrefois, oui ! Mais il a tout gâché.

HEDDA. — Qui sait ? *(Avec un léger sourire.)* Là-haut, chez le préfet Elvsted, on l'a pourtant relevé.

BRACK. — Et puis, avec ce livre qui vient de paraître...

TESMAN. — Oui, oui, si seulement ça pouvait l'aider d'une manière ou d'une autre. Je viens de lui écrire. Écoute, Hedda, je l'ai invité pour ce soir.

BRACK. — Mais, cher ami, ce soir vous participez à une petite soirée entre hommes, chez moi. La nuit dernière, sur le débarcadère, vous me l'aviez promis.

HEDDA. — Tu l'avais oublié, Tesman ?

TESMAN. — Ma foi, oui.

BRACK. — D'ailleurs, vous pouvez être tranquille ; il ne viendra pas.

TESMAN. — Pourquoi ? Hein ?

BRACK *(avec une légère hésitation ; se levant ; posant ses mains sur le dossier de la chaise).* — Mon cher Tesman. Et vous aussi, madame. Je ne peux pas prendre la responsabilité de vous laisser dans l'ignorance de choses qui — qui...

TESMAN. — Qui concernent Ejlert Lövborg ?

BRACK. — Qui vous concernent, lui et vous.

TESMAN. — Mais, cher ami, parlez enfin !

BRACK. — Il faudra vous attendre à ce que votre nomination intervienne moins vite que vous ne l'espériez.

TESMAN *(inquiet ; se levant d'un bond).* — Il y a des obstacles ? Hein ?

BRACK. — L'attribution du poste pourrait faire l'objet d'un concours.

TESMAN. — Un concours ! Pense donc, Hedda !

HEDDA *(se renversant dans le fauteuil).* — Ah, je vois, — je vois !

TESMAN. — Mais avec qui ? Pas avec... ?

BRACK. — Si. Avec Ejlert Lövborg.

TESMAN *(joignant les mains).* — Non, non, — c'est impensable. Impossible ! Hein ?

BRACK. — Hm, — c'est pourtant ce qui risque d'arriver.

TESMAN. — Mais, Brack, — ce serait d'une totale injustice à mon égard ! *(Gesticulant.)* Oui, car,

— pensez donc, — je suis un homme marié ! Nous avons compté là-dessus en nous mariant, Hedda et moi. Nous avons fait des dettes considérables ; nous avons même emprunté de l'argent à tante Julie. Car, mon Dieu, — on me l'avait pour ainsi dire promis, ce poste. Hein ?

BRACK. — Allons, allons, — le poste, vous l'aurez. Mais seulement après concours.

HEDDA *(immobile dans son fauteuil).* — Dis donc, Tesman, — c'est presque du sport.

TESMAN. — Mais, ma chère Hedda, comment peux-tu prendre les choses avec une telle insouciance !

HEDDA *(comme précédemment).* — Pas du tout. J'attends l'issue avec beaucoup d'intérêt.

BRACK. — En tout cas, madame Tesman, il valait mieux que vous fussiez prévenue. Je veux dire, — avant de procéder à ces achats dont vous nous menacez.

HEDDA. — Cela ne changera rien.

BRACK. — Vraiment ? Ça, c'est une autre question. Au revoir ! *(À Tesman.)* En faisant ma promenade cet après-midi, je viendrai vous chercher.

TESMAN. — Oui, oui, — je ne sais plus quoi faire.

HEDDA *(allongée ; lui tendant la main).* — Au revoir. À tout à l'heure.

BRACK. — Merci. Au revoir, au revoir.

TESMAN *(le raccompagnant à la porte)*. — Au revoir, cher ami. Il faut m'excuser.

Le juge Brack sort par la porte du vestibule.

TESMAN *(faisant les cent pas)*. — Oh, Hedda, — jamais on ne devrait s'aventurer dans un conte de fées. Hein ?

HEDDA *(le regardant en souriant)*. — Cela t'arrive ?

TESMAN. — Oui, — on ne peut le nier, — c'était aventureux de se marier et de s'installer en se fondant sur de simples espérances.

HEDDA. — Tu as peut-être raison.

TESMAN. — Eh bien, — au moins nous avons notre agréable foyer, Hedda. Pense donc, — la maison dont nous rêvions tous les deux. Pour laquelle nous avions une véritable passion, pour ainsi dire. Hein ?

HEDDA *(se redressant avec lassitude)*. — Nous étions d'accord pour mener une vie mondaine. Pour recevoir.

TESMAN. — Oh, mon Dieu, — comme je me réjouissais à cette idée. Pense donc, — te voir en maîtresse de maison, au milieu d'un cercle d'amis choisis ! Hein ? — Enfin, enfin, — dans un premier temps il nous faudra nous contenter de vivre en tête à tête, Hedda. De ne voir que tante Julie de temps à autre. — Oh, j'aurais tant voulu t'offrir autre chose !

HEDDA. — Bien entendu, je n'aurai pas de domestique en livrée dans l'immédiat.

TESMAN. — Ah non, — hélas. Des domestiques, — il ne saurait en être question, vois-tu.

HEDDA. — Et le cheval de selle que tu m'avais promis...

TESMAN *(épouvanté)*. — Le cheval !

HEDDA. — ... mieux vaut sans doute ne pas y songer.

TESMAN. — Dieu du ciel, — cela va de soi !

HEDDA *(faisant quelques pas)*. — Enfin, — il me reste encore une chose pour me distraire, en attendant.

TESMAN *(rayonnant de joie)*. — Ah, Dieu merci ! Qu'est-ce que c'est, Hedda ? Hein ?

HEDDA *(près de l'ouverture du fond ; le regardant en dissimulant son mépris)*. — Mes pistolets, — Jörgen.

TESMAN *(avec angoisse)*. — Les pistolets !

HEDDA *(avec un regard froid)*. — Les pistolets du général Gabler.

Elle sort par la gauche, à travers le salon du fond.

TESMAN *(courant vers l'ouverture du fond ; criant)*. — Pour l'amour du ciel, chère Hedda, — ne touche pas à ces dangereux objets ! Fais-moi plaisir, Hedda ! Hein ?

Acte II

*Même salon qu'à l'acte I. À la place du piano, un
élégant petit bureau surmonté d'une étagère. Près du
canapé de gauche une table plus petite. La plupart des
bouquets ont été enlevés. Celui de Mme Elvsted est
posé sur une table au premier plan. Après-midi.*

*Hedda, vêtue d'une toilette de réception, est seule
dans la pièce. Debout près de la porte vitrée ouverte,
elle charge un pistolet. Un autre pistolet, identique, se
trouve dans un coffret sur le bureau.*

HEDDA *(regardant en direction du jardin ; criant)*. —
Rebonjour, monsieur le juge !

LA VOIX DE BRACK *(provenant du jardin)*. — Rebonjour, madame Tesman !

HEDDA *(levant le pistolet ; visant)*. — Je vais vous tirer
dessus, monsieur le juge !

BRACK *(criant d'en bas)*. — Non, non, non ! Ne restez
pas là à me viser !

HEDDA. — Voilà ce qui vous arrive quand vous passez par-derrière.

Elle tire.

BRACK *(plus près).* — Vous êtes folle !

HEDDA. — Mon Dieu, — je vous ai atteint ?

BRACK *(toujours dehors).* — Arrêtez donc ces bêtises.

HEDDA. — Alors, entrez, monsieur le juge.

Brack, en tenue de soirée, entre par la porte vitrée. Il porte un pardessus léger sur le bras.

BRACK. — Diable, — vous pratiquez encore ce sport ? Sur quoi tirez-vous maintenant ?

HEDDA. — Oh, je ne fais que tirer en l'air.

BRACK *(lui prenant avec précaution le pistolet).* — Avec votre permission, madame. *(Le regardant.)* Ah, celui-là, — je le reconnais. *(Regardant autour de lui.)* Où est le coffret ? Voilà. *(Remettant le pistolet dans le coffret, puis fermant celui-ci.)* Ça suffit comme plaisanteries pour aujourd'hui.

HEDDA. — Au nom du ciel, à quoi voulez-vous que je m'amuse, alors ?

BRACK. — Vous n'avez pas eu de visites ?

HEDDA *(refermant la porte vitrée).* — Pas une seule. Tous les intimes sont encore à la campagne.

BRACK. — Et Tesman n'est sans doute pas à la maison ?

HEDDA *(près du bureau ; rangeant le coffret dans le tiroir)*. — Non, tout de suite après le déjeuner, il a couru voir les tantes. Il ne vous attendait pas de si bonne heure.

BRACK. — Hm, — j'aurais dû m'en douter. Que je suis bête.

HEDDA *(se tournant vers lui ; le regardant)*. — Comment ccla, bête ?

BRACK. — Parce que je serais venu encore plus — tôt.

HEDDA *(faisant quelques pas)*. — Alors, vous n'auriez trouvé personne. Car je suis allée me changer après le déjeuner.

BRACK. — Et il n'y a pas une petite fente dans la porte qui permet de parlementer ?

HEDDA. — Vous avez oublié d'en prévoir une.

BRACK. — Là encore, j'ai été bête.

HEDDA. — Eh bien, installons-nous. Et attendons. Car Tesman ne rentrera sans doute pas de sitôt.

BRACK. — Oui, oui, mon Dieu, je serai patient.

Hedda s'assied dans le coin du canapé. Brack pose son pardessus sur le dossier de la chaise la plus proche et s'assied, gardant son chapeau à la main. Bref silence. Ils se dévisagent.

HEDDA. — Eh bien ?

BRACK *(sur le même ton)*. — Eh bien ?

HEDDA. — J'ai posé la question avant vous.

BRACK *(se penchant en avant)*. — Comme ça, nous pourrons bavarder un peu, madame Hedda.

HEDDA *(se renversant sur le canapé)*. — Vous ne trouvez pas qu'il y a une éternité que nous n'avons pas causé ensemble ? — Enfin, les quelques mots d'hier soir et de ce matin — ça ne compte pas.

BRACK. — Mais — entre nous ? Seul à seul, vous voulez dire ?

HEDDA. — Voilà. C'est à peu près ça.

BRACK. — Tous les jours j'ai souhaité votre retour.

HEDDA. — Et moi, pendant tout ce temps, je souhaitais la même chose.

BRACK. — Vraiment, madame Hedda ? Et moi qui croyais que vous vous étiez si bien amusée pendant le voyage.

HEDDA. — Ça, vous pouvez le croire !

BRACK. — C'est pourtant ce que disait Tesman dans ses lettres.

HEDDA. — Lui, oui ! Lui, il trouve qu'il n'y a rien de plus merveilleux que de fouiner dans les bibliothèques. Et de recopier de vieux parchemins — ou des choses de ce genre.

BRACK *(avec une pointe de malice)*. — Après tout, c'est là sa vocation en ce monde. En partie, du moins.

HEDDA. — C'est vrai. Et à la limite, on pourrait... Mais moi ! Mon cher juge, — je me suis mortellement ennuyée.

BRACK *(compatissant)*. — Vraiment ? Vous dites cela sérieusement ?

HEDDA. — Oui, vous pouvez bien l'imaginer ! Pendant six mois, ne rencontrer personne de notre milieu. Ne pouvoir parler à personne de ce qui nous intéresse.

BRACK. — En effet, — à moi aussi, ça me manquerait.

HEDDA. — Et puis, ce qu'il y a de plus insupportable...

BRACK. — Eh bien ?

HEDDA. — Partager éternellement et toujours la compagnie de — d'une seule et même personne...

BRACK *(hochant la tête d'assentiment)*. — Du matin au soir, — oui. Pensez donc, — à toutes les heures du jour et de la nuit.

HEDDA. — J'ai dit : éternellement et toujours.

BRACK. — Soit. Mais avec notre brave Tesman, il me semble qu'on devrait pouvoir...

HEDDA. — Tesman est un — un spécialiste, mon cher.

BRACK. — C'est incontestable.

HEDDA. — Et les spécialistes ne sont pas des compagnons de voyage très drôles. Pas à la longue, du moins.

BRACK. — Pas même le — le spécialiste qu'on aime ?

HEDDA. — Oh, — n'employez pas ce mot poisseux.

BRACK *(surpris)*. — Comment, madame Hedda !

HEDDA *(riant à moitié ; à moitié contrariée)*. — Oui, essayez donc d'en faire l'expérience, vous ! Entendre parler de l'Histoire des civilisations du matin au soir...

BRACK. — Éternellement et toujours.

HEDDA. — Oui, oui, oui ! Et puis, l'artisanat au Moyen Âge ! C'est ce qu'il y a de plus horripilant.

BRACK *(la scrutant du regard)*. — Mais, dites-moi, — comment puis-je m'expliquer que... ? Hm.

HEDDA. — Que nous avons fini par former un couple, Jörgen Tesman et moi, vous voulez dire ?

BRACK. — Disons-le ainsi.

HEDDA. — Mon Dieu, cela vous paraît si surprenant ?

BRACK. — Oui et non, — madame Hedda.

HEDDA. — Je m'étais lassée de danser, mon cher juge. Mon temps était fini. *(Tressaillant légèrement.)* Oh non, — je préfère ne pas dire cela. Ne pas le penser !

BRACK. — D'ailleurs, vous n'en avez aucune raison.

HEDDA. — Oh, — des raisons... *(Le scrutant du regard.)* Et Jörgen Tesman, — on peut le considérer comme un homme correct, à tous égards.

BRACK. — Correct et sérieux. Dieu le sait.

HEDDA. — Et je trouve qu'il n'a rien de franchement ridicule. — Vous trouvez, vous ?

BRACK. — Qu'il a quelque chose de ridicule ? Non, — je ne dirais pas ça.

HEDDA. — Bien. Quoi qu'il en soit, c'est un chercheur hors pair ! — Il n'est pas exclu qu'il aille loin, avec le temps.

BRACK *(la regardant d'un air incertain)*. — Je croyais que vous pensiez, comme tout le monde, qu'il deviendrait un jour un homme éminent.

HEDDA *(avec une expression de lassitude)*. — Oui, c'est ce que je pensais. — Et puisqu'il voulait à tout prix subvenir à mes besoins... Je ne vois pas pourquoi j'aurais refusé ?

BRACK. — Non, non. De ce point de vue...

HEDDA. — Mes autres chevaliers servants ne m'en proposaient pas autant, mon cher juge.

BRACK *(riant)*. — Je ne peux pas répondre pour les autres. Mais en ce qui me concerne, vous savez que j'ai toujours eu un — un certain respect pour les liens du mariage. D'une manière générale, madame Hedda.

HEDDA *(plaisantant)*. — Oh, je n'ai jamais nourri d'espoirs en ce qui vous concerne.

BRACK. — Tout ce que je désire, c'est avoir un cercle d'intimes que je puisse aider de mes conseils et de mes actes, et qui me permettent d'avoir mes entrées chez eux — en ami fidèle.

HEDDA. — Du mari, vous voulez dire ?

BRACK *(s'inclinant)*. — À vrai dire, — plutôt de la femme. Mais aussi du mari ; cela va de soi. Vous savez, — un tel — disons, un tel triangle, — c'est un grand agrément pour toutes les parties concernées.

HEDDA. — Oui, pendant le voyage, j'ai souvent regretté l'absence d'une tierce personne. — Rester toujours en tête à tête dans le compartiment !

BRACK. — Heureusement, le voyage de noces est maintenant terminé.

HEDDA *(secouant la tête)*. — Le voyage risque d'être long, — encore long. Je suis seulement arrivée à un arrêt.

BRACK. — Et alors, on descend. Et on fait quelques pas, madame Hedda.

HEDDA. — Je ne descends jamais.

BRACK. — Vraiment ?

HEDDA. — Non. Car il y a toujours des passants qui...

BRACK *(riant)*. — ... qui regardent vos jambes, vous voulez dire ?

HEDDA. — Exactement.

BRACK. — Oh, mon Dieu.

HEDDA *(avec un geste de défense)*. — Je n'aime pas ça. — Je préfère rester assise — là où je suis. En tête à tête.

BRACK. — Dans ce cas, c'est une tierce personne qui rejoint le couple.

HEDDA. — Ah, ça, — c'est autre chose !

BRACK. — Un ami fidèle et compréhensif...

HEDDA. — ... à la conversation vive et amusante...

BRACK. — ... et pas spécialiste pour deux sous !

HEDDA *(respirant profondément)*. — Quel soulagement.

BRACK *(entendant la porte d'entrée s'ouvrir ; avec un regard furtif)*. — Le triangle se referme.

HEDDA *(à mi-voix)*. — Et le train repart.

Jörgen Tesman, vêtu d'un costume de promenade gris, coiffé d'un feutre mou, entre par la porte du vestibule. Sous le bras et dans ses poches, il a une grande quantité de livres brochés.

TESMAN *(se dirigeant vers la table près du canapé d'angle)*. — Ouf, — traîner tout ça par cette chaleur ! *(Posant les livres.)* Je suis en nage, Hedda, Ah, — vous êtes déjà là, mon cher juge. — Hein ? Berte ne m'avait pas prévenu.

BRACK (se levant). — Je suis passé par le jardin.

HEDDA. — Quels sont ces livres ?

TESMAN *(les feuilletant)*. — Des publications scientifiques dont j'avais besoin.

HEDDA. — Scientifiques ?

BRACK. — Ce sont des publications scientifiques,
madame Tesman.

Brack et Hedda échangent un regard complice.

HEDDA. — Il te faut encore des publications
scientifiques ?

TESMAN. — Oui, ma chère Hedda, on n'en a jamais
assez. Il faut se tenir au courant de ce qui s'écrit et
se publie.

HEDDA. — Oui, sans doute.

TESMAN *(cherchant parmi les livres)*. — Regarde,
— j'ai trouvé le nouveau livre d'Ejlert Lövborg. *(Le
montrant.)* Tu as peut-être envie de le feuilleter,
Hedda ?

HEDDA. — Non, merci. Ou si, — plus tard, peut-être.

TESMAN. — J'y ai jeté un œil en chemin.

BRACK. — Et qu'en pensez-vous, — en tant que spécialiste ?

TESMAN. — Je suis étonné du ton mesuré qu'il emploie.
Autrefois, il n'écrivait pas ainsi. *(Empilant les
livres.)* Je vais porter tout ça dans mon bureau. Quel
plaisir ça va être de les couper. Et puis, il faut que
je me change. *(À Brack.)* Oui, dites-moi, nous ne
sommes pas obligés de partir tout de suite ? Hein ?

BRACK. — Oh, — rien ne presse.

TESMAN. — Alors, je vais prendre mon temps. *(Sortant avec les livres, puis se retournant dans l'ouverture de la porte.)* Au fait, Hedda, tante Julie ne viendra pas te voir ce soir.

HEDDA. — Vraiment ? C'est à cause de cette histoire avec le chapeau ?

TESMAN. — Pas du tout. Comment peux-tu croire ça de tante Julie ? Pense donc ! Mais tante Rina va très mal, vois-tu.

HEDDA. — Elle va toujours très mal.

TESMAN. — Oui, mais aujourd'hui, la pauvre, ça n'allait pas du tout.

HEDDA. — Eh bien, dans ce cas, il est normal que l'autre reste auprès d'elle. Il faut que je me fasse une raison.

TESMAN. — Et pourtant, tu ne peux pas savoir comme tante Julie était heureuse, — parce que tu avais pris de l'embonpoint pendant le voyage !

HEDDA *(se levant ; à mi-voix)*. — Oh, — ces éternelles tantes !

TESMAN. — Comment ?

HEDDA *(se dirigeant vers la porte vitrée)*. — Rien.

TESMAN. — Oui, oui.

Il sort à travers le salon du fond.

BRACK. — De quel chapeau parliez-vous ?

HEDDA. — Oh, c'est une histoire avec Mlle Tesman. Elle avait posé son chapeau là, sur cette chaise. *(Le regardant en souriant.)* Et j'ai fait semblant de croire que c'était celui de la bonne.

BRACK *(secouant la tête)*. — Mais, ma gentille madame Hedda, comment avez-vous pu faire une chose pareille ! À cette brave vieille dame !

HEDDA *(avec nervosité ; faisant quelques pas)*. — Voyez-vous — cela me prend de temps en temps. Et alors, je ne peux pas m'en empêcher. *(Se jetant dans le fauteuil près du poêle.)* Je ne sais pas comment l'expliquer.

BRACK *(derrière le fauteuil)*. — Vous n'êtes pas heureuse, — c'est pour cela.

HEDDA *(regardant droit devant elle)*. — Je ne vois pas pourquoi je le serais, — heureuse. Pouvez-vous me le dire ?

BRACK. — Oui, — entre autres parce que vous avez la maison que vous désiriez.

HEDDA *(le regardant en riant)*. — Vous aussi, vous croyez à cette histoire ?

BRACK. — Parce qu'il n'y a rien de vrai là-dedans ?

HEDDA. — Si, — il y a une part de vérité.

BRACK. — Eh bien !

HEDDA. — Il y a que, l'été dernier, je me servais de

Tesman pour me faire raccompagner après des soirées mondaines.

BRACK. — Hélas, — ce n'était pas mon chemin.

HEDDA. — C'est vrai. L'été dernier, vous suiviez
d'autres chemins.

BRACK (*riant*). — Vous devriez avoir honte, madame
Hedda ! Enfin, — Tesman et vous ?

HEDDA. — Un soir, nous sommes passés par ici. Et
Tesman, le pauvre, n'arrêtait pas de se tortiller. Car
il ne savait pas quel sujet de conversation inventer.
Et j'ai fini par avoir pitié du malheureux érudit.

BRACK (*avec un sourire dubitatif*). — Vous ? Hm.

HEDDA. — Vraiment, je vous l'assure. Et alors, — pour
essayer de l'aider dans ses tourments, — j'ai eu la
légèreté de lui dire : voilà l'endroit où j'aimerais
vivre.

BRACK. — C'était tout ?

HEDDA. — Ce soir-là, oui.

BRACK. — Et plus tard ?

HEDDA. — Oui. Ma légèreté a eu des suites, mon cher
juge.

BRACK. — Hélas, ce n'est que trop souvent le cas avec
nos légèretés, madame Hedda.

HEDDA. — Merci ! C'est notre passion pour la villa de
la conseillère Falk qui nous a rapprochés, Jörgen
Tesman et moi. Elle a entraîné les fiançailles et le

mariage et le voyage de noces et tout le reste. Oui, oui, mon cher juge, — comme on fait son lit, on se couche, — pour ainsi dire.

BRACK. — C'est trop drôle ! Au fond, tout cela vous était parfaitement indifférent, peut-être.

HEDDA. — Ça, Dieu le sait.

BRACK. — Et maintenant ? Maintenant que nous l'avons arrangée à votre goût ?

HEDDA. — Oh, — je trouve que ça sent la lavande et les roses séchées dans toutes les pièces. — Mais c'est peut-être l'odeur de tante Julie.

BRACK *(riant)*. — Non, je pense que c'est plutôt une réminiscence de feu la conseillère.

HEDDA. — En tout cas, il y a comme un parfum de mort. On dirait des fleurs de bal — le lendemain. *(Se renversant sur le fauteuil, les mains derrière la nuque, en le regardant.)* Mon cher juge, — vous ne pouvez pas vous imaginer à quel point je vais m'ennuyer ici.

BRACK. — La vie n'aurait-elle pas une tâche à vous offrir, à vous aussi, madame Hedda ?

HEDDA. — Une tâche, — qui aurait quelque chose d'attrayant ?

BRACK. — De préférence, bien sûr.

HEDDA. — Dieu sait ce que ça pourrait être. Souvent je me suis demandé... *(S'interrompant.)* Mais ça ne marchera jamais.

BRACK. — Qui sait ? Dites.

HEDDA. — Si je pouvais amener Tesman à faire de la politique, je veux dire.

BRACK *(riant)*. — Tesman ! Non, franchement, — la politique, ce n'est pas du tout pour lui.

HEDDA. — Je veux bien vous croire. — Mais si j'y réussissais, quand même ?

BRACK. — Quelle satisfaction en tireriez-vous ? Puisqu'il n'est pas doué pour ça. Pourquoi l'y entraîner ?

HEDDA. — Parce que je m'ennuie, vous dis-je ! *(Après un temps.)* Croyez-vous qu'il serait absolument impossible que Tesman devienne Premier ministre ?

BRACK. — Hm — voyez-vous, ma chère madame Hedda, — pour cela, il faudrait d'abord qu'il ait une fortune.

HEDDA *(se levant avec impatience)*. — Voilà ! Ces conditions de vie médiocres ! *(Faisant quelques pas)*. Ce sont elles qui rendent la vie si pitoyable. Si ridicule ! — C'est ainsi.

BRACK. — Je crois que la raison est ailleurs.

HEDDA. — Où donc ?

BRACK. — Vous n'avez jamais eu l'occasion de vivre quelque chose de stimulant.

HEDDA. — De grave, vous voulez dire ?

BRACK. — Oui, on peut le dire de cette façon. Mais maintenant, cela viendra peut-être.

HEDDA *(avec un mouvement de tête)*. — Oh, vous pensez aux difficultés à propos de ce malheureux professorat ! Ça, c'est son problème. Moi, je refuse de m'en préoccuper.

BRACK. — Bien, bien ; soit. Mais lorsque vous aurez à faire face à — à ce qu'on pourrait solennellement qualifier de grandes et sérieuses responsabilités ? *(Souriant)*. Des responsabilités nouvelles, ma petite madame Hedda.

HEDDA *(en colère)*. — Taisez-vous ! Jamais vous ne verrez une chose pareille !

BRACK *(avec précaution)*. — Nous en reparlerons dans un an — au plus tard.

HEDDA *(d'un ton bref)*. — Je ne suis pas douée pour ça, monsieur le juge. Je ne veux pas de responsabilités.

BRACK. — Ne seriez-vous pas, comme la plupart des femmes, douée pour une tâche qui... ?

HEDDA *(près de la porte vitrée)*. — Taisez-vous, vous dis-je ! — Souvent il me semble que je ne suis douée que pour une seule chose en ce monde.

BRACK *(s'approchant)*. — Et de quoi s'agit-il, si je puis me permettre ?

HEDDA *(regardant au dehors)*. — De m'ennuyer à mort. Voilà. *(Se retournant, regardant vers le salon du fond, puis riant.)* Tiens ! Voilà le professeur.

BRACK (*doucement, comme pour la mettre en garde*).
— Allons, allons, madame Hedda !

Jörgen Tesman, en tenue de soirée, ses gants et son chapeau à la main, entre par la droite, en traversant le salon du fond.

TESMAN. — Hedda, — Ejlert Lövborg ne s'est pas décommandé ? Hein ?

HEDDA. — Non.

TESMAN. — Eh bien, dans ce cas tu verras qu'il ne va pas tarder.

BRACK. — Vous croyez vraiment qu'il va venir ?

TESMAN. — Oui, j'en suis presque sûr. Car ce que vous me disiez ce matin, ce ne sont probablement que des rumeurs.

BRACK. — Ah bon ?

TESMAN. — Oui, c'est du moins ce que m'a dit tante Julie. Jamais il ne se mettra en travers de mon chemin, désormais. Pensez donc.

BRACK. — Alors, tout va bien.

TESMAN (*posant son chapeau et ses gants sur une chaise à droite*). — Mais je voudrais quand même l'attendre un peu.

BRACK. — Nous en avons largement le temps. Il ne viendra personne chez moi avant sept heures, sept heures et demie.

TESMAN. — Comme ça, nous pourrons tenir compagnie à Hedda, en attendant. Et voir venir. Hein ?

HEDDA *(posant le pardessus et le chapeau de Brack sur le canapé d'angle)*. — Et dans le pire des cas, monsieur Lövborg pourra toujours passer la soirée avec moi.

BRACK *(voulant prendre ses affaires)*. — Je vous en prie, madame ! — Qu'entendez-vous par le pire des cas ?

HEDDA. — Au cas où il ne tiendrait pas à vous accompagner.

TESMAN *(la regardant d'un air dubitatif)*. — Mais, ma chère Hedda, — tu crois que ce serait convenable qu'il reste avec toi ? Rappelle-toi que tante Julie ne pourra pas venir.

HEDDA. — Oui, mais Mme Elvsted viendra. Ainsi, nous prendrons le thé, tous les trois.

TESMAN. — Alors, je n'y vois pas d'inconvénient !

BRACK *(avec un sourire)*. — D'ailleurs, ce serait sans doute plus sain pour lui.

HEDDA. — Comment cela ?

BRACK. — Mon Dieu, madame, vous m'avez souvent brocardé au sujet de mes petites soirées de célibataires. Elles ne seraient recommandables qu'aux hommes de principe, disiez-vous.

HEDDA. — Mais monsieur Lövborg doit certainement avoir des principes, maintenant. Un pécheur repenti...

Berte apparaît au seuil de la porte du vestibule.

BERTE. — Madame, il y a un monsieur qui...

HEDDA. — Faites-le entrer.

TESMAN *(à voix basse).* — Je suis sûr que c'est lui !
Pensez donc !

*Ejlert Lövborg entre par la porte du vestibule. Il est
élancé et maigre, du même âge que Tesman, mais
paraissant plus âgé et prématurément usé. Ses cheveux
et sa barbe sont d'un brun presque noir ; son long
visage est pâle, avec des taches rouges sur les pom-
mettes. Vêtu d'un élégant costume noir tout neuf, des
gants sombres et un haut-de-forme à la main, il reste
près de la porte et s'incline rapidement. Il semble gêné.*

TESMAN *(allant vers lui ; lui serrant la main).* — Mon
cher Ejlert, — dire que nous nous revoyons enfin !

EJLERT LÖVBORG *(parlant d'une voix sourde).* — Merci
pour ta lettre ! *(S'approchant de Hedda.)* Oserais-je
vous tendre la main, madame Tesman ?

HEDDA *(lui serrant la main).* — Soyez le bienvenu,
monsieur Lövborg. *(Avec un geste.)* Je ne sais pas
si ces messieurs ?

LÖVBORG *(s'inclinant légèrement).* — Le juge Brack,
je crois.

BRACK *(de même).* — En effet. Il y a quelques années...

TESMAN *(à Lövborg ; lui posant les mains sur les
épaules).* — Maintenant, tu es ici comme chez toi,

Ejlert ! N'est-ce pas, Hedda ? — Car tu as l'intention
de t'installer en ville, à ce qu'on dit ? Hein ?

LÖVBORG. — C'est bien mon intention.

TESMAN. — Oui, cela se comprend. Écoute, — j'ai
acheté ton nouveau livre. Mais je n'ai pas encore eu
le temps de le lire.

LÖVBORG. — Oh, tu peux t'en dispenser.

TESMAN. — Comment cela ?

LÖVBORG. — Il ne vaut pas grand-chose.

TESMAN. — Allons, — dire une chose pareille !

BRACK. — Pourtant, il a été couvert de louanges,
paraît-il.

LÖVBORG. — C'était ce que je voulais. Et je l'ai écrit
pour plaire à tout le monde.

BRACK. — Excellente idée.

TESMAN. — Mais, mon cher Ejlert !

LÖVBORG. — Je veux essayer de retrouver ma position.
Recommencer tout.

TESMAN *(un peu gêné)*. — Oui, bien sûr. Hein ?

LÖVBORG *(souriant ; posant son chapeau ; sortant un
paquet de la poche de son pardessus)*. — Mais
quand ceci paraîtra, — Jörgen Tesman, — alors, il
faudra le lire. Car le voilà, le vrai livre. Celui où j'ai
mis mon véritable moi.

TESMAN. — Ah oui ? Qu'est-ce que c'est ?

LÖVBORG. — C'est la suite.

TESMAN. — La suite ? De quoi ?

LÖVBORG. — De mon livre.

TESMAN. — De celui qui vient de paraître ?

LÖVBORG. — Exactement.

TESMAN. — Mais, mon cher Ejlert, — il va jusqu'à nos jours.

LÖVBORG. — Oui. Et celui-ci traite du futur.

TESMAN. — Du futur ! Mais, mon Dieu, on n'en sait rien.

LÖVBORG. — Non. Et pourtant, il y a des choses à en dire. *(Ouvrant le paquet.)* Regarde...

TESMAN. — Ce n'est pas ton écriture.

LÖVBORG. — Je l'ai dicté. *(Feuilletant les papiers.)* Il est en deux parties. La première parle des puissances culturelles du futur. Et la deuxième — *(continuant à feuilleter)* — de l'évolution des civilisations.

TESMAN. — Remarquable ! Moi, je n'aurais jamais eu l'idée d'écrire des choses pareilles.

HEDDA *(près de la porte vitrée ; tambourinant contre la vitre).* — Non, non, — en effet.

LÖVBORG *(remettant les papiers dans leur enveloppe ; posant le paquet sur la table).* — Je l'ai apporté, car je pensais t'en lire quelques pages ce soir.

TESMAN. — Ah, c'était très gentil de ta part. Mais ce soir ? *(Avec un regard vers Brack.)* Je ne sais pas si...

LÖVBORG. — Alors, une autre fois. Rien ne presse.

BRACK. — Je vais vous dire, monsieur Lövborg, — je donne aujourd'hui une petite soirée. En l'honneur de Tesman, voyez-vous.

LÖVBORG *(cherchant son chapeau)*. — Ah — dans ce cas, je ne...

BRACK. — Non, écoutez. Ne me feriez-vous pas le plaisir d'être des nôtres ?

LÖVBORG *(d'un ton bref et ferme)*. — Non, je ne pourrai pas. Je vous remercie.

BRACK. — Allons ! Venez. Nous serons en petit comité. Et vous pouvez me croire : la soirée sera animée, comme dit madame Hed... madame Tesman.

LÖVBORG. — Je n'en doute pas. Et pourtant...

BRACK. — Vous pourriez apporter votre manuscrit et en faire la lecture à Tesman. J'ai suffisamment de place.

TESMAN. — Ah oui, Ejlert, — tu pourrais faire ça. Hein ?

HEDDA *(s'interposant)*. — Mais puisque monsieur Lövborg n'en a pas envie ! Je suis sûre que monsieur Lövborg préfère rester ici et dîner avec moi.

LÖVBORG *(la regardant)*. — Avec vous, madame ?

HEDDA. — Et avec Mme Elvsted.

LÖVBORG. — Ah — *(Négligemment.)* Je l'ai croisée cet après-midi.

HEDDA. — Vraiment ? Oui, elle doit venir. Et du coup, il vous faut absolument rester. Sinon, elle n'aura personne pour la raccompagner.

LÖVBORG. — Vous avez raison. Je vous remercie, madame, — dans ce cas, je vais rester.

HEDDA. — Alors, je vais prévenir la bonne.

Elle se dirige vers la porte du vestibule et sonne. Berte entre. Hedda lui parle à voix basse et fait un geste vers le salon du fond. Berte hoche la tête et sort.

TESMAN *(pendant ce temps ; à Ejlert Lövborg).* — Écoute, Ejlert, — c'est à ce sujet, — au sujet du futur, — que tu vas donner des conférences ?

LÖVBORG. — Oui.

TESMAN. — Car j'ai entendu dire chez le libraire que tu avais l'intention de donner une série de conférences cet automne.

LÖVBORG. — Oui, c'est mon intention. Il ne faut pas m'en vouloir, Tesman.

TESMAN. — Non, Dieu m'en garde ! Mais... ?

LÖVBORG. — Je comprends parfaitement que ça puisse te contrarier.

TESMAN *(abattu).* — Oh, pour ma part, je ne peux pas exiger que tu...

LÖVBORG. — Mais j'attendrai que tu aies ta nomination.

TESMAN. — Tu attendras ! Oui, mais, — mais, — tu ne veux pas du concours ? Hein ?

LÖVBORG. — Non. Je veux seulement te vaincre. Aux yeux du monde.

TESMAN. — Oh, mon Dieu, — alors, tante Julie avait quand même raison ! Oui, — j'en étais sûr ! Hedda ! Pense donc, — Ejlert Lövborg ne nous fera pas obstacle !

HEDDA *(d'un ton bref)*. — Nous ? Tiens-moi en dehors de tout ça.

Elle se dirige vers le salon du fond, où Berte est en train de disposer des verres et des carafes sur la table. Hedda approuve de la tête puis revient. Berte sort.

TESMAN *(pendant ce temps)*. — Et vous, Brack ? Qu'en dites-vous ? Hein ?

BRACK. — Je dis que la victoire et la gloire — hm, — c'est bien beau.

TESMAN. — Certes. Et pourtant...

HEDDA *(regardant Tesman avec un sourire froid)*. — On dirait que tu as été frappé par la foudre.

TESMAN. — Oui, — à peu près, — je crois presque...

BRACK. — C'est en effet un orage qui vient de passer sur nos têtes, madame.

HEDDA *(avec un geste vers le salon du fond)*. — Ces messieurs ne prendraient-ils pas un verre de punch glacé ?

BRACK *(regardant sa montre)*. — Le coup de l'étrier ? Pourquoi pas.

TESMAN. — Excellente idée, Hedda ! Excellente ! Dans l'état de légèreté où je me trouve...

HEDDA. — Vous aussi, je vous en prie, monsieur Lövborg.

LÖVBORG *(sur la défensive)*. — Merci. Pas pour moi.

BRACK. — Mon Dieu, — le punch glacé, ce n'est pas du poison, que je sache.

LÖVBORG. — Peut-être pas pour tout le monde.

HEDDA. — Alors, je saurai tenir compagnie à monsieur Lövborg.

TESMAN. — Oui, oui, ma chère Hedda, si tu veux bien.

Tesman et Brack se dirigent vers le salon du fond et s'assoient. Pendant ce qui suit, ils boivent du punch, fument des cigarettes et poursuivent une conversation animée. Ejlert Lövborg reste debout près du poêle. Hedda se dirige vers le bureau.

HEDDA *(levant légèrement la voix)*. — Si vous voulez bien, je vais vous montrer quelques photographies. Car Tesman et moi, — nous sommes passés par le Tyrol en rentrant.

*Elle revient avec un album qu'elle pose sur la table
devant le canapé, puis s'assoit à l'angle le plus éloigné
de celui-ci. Ejlert Lövborg s'approche, s'arrête et la
regarde, puis prend une chaise et s'assoit à sa gauche,
le dos vers le salon du fond.*

HEDDA *(ouvrant l'album)*. — Voyez-vous ces monta-
gnes, monsieur Lövborg ? Ce sont les Ortler. Tesman
l'a écrit en dessous. Vous voyez : les Ortler, près de
Méran.

LÖVBORG *(qui n'a cessé de la regarder ; à voix basse ;
lentement)*. — Hedda — Gabler !

HEDDA *(lui jetant un rapide coup d'œil)*. — Allons !
Chut !

LÖVBORG *(répétant lentement)*. — Hedda Gabler !

HEDDA *(regardant l'album)*. — Oui, c'est ainsi que je
m'appelais autrefois. À l'époque — où nous nous
connaissions.

LÖVBORG. — Et désormais, — pour le reste de la vie,
— je dois apprendre à ne plus dire Hedda Gabler.

HEDDA *(continuant à feuilleter l'album)*. — Oui, il le
faut. Et vous avez intérêt à commencer à vous
exercer. Le plus tôt sera le mieux, il me semble.

LÖVBORG *(la voix emplie de colère)*. — Hedda Gabler,
mariée ? Et à — Jörgen Tesman !

HEDDA. — Oui, — ce sont des choses qui arrivent.

LÖVBORG. — Oh, Hedda, Hedda, — comment as-tu pu
t'abaisser ainsi ?

HEDDA *(lui jetant un regard perçant).* — Eh bien ? Pas de ça !

LÖVBORG. — Que veux-tu dire ?

Tesman entre et s'approche du canapé.

HEDDA *(l'entendant ; continuant sur un ton indifférent).* — Et ça, monsieur Lövborg, c'est la vallée d'Ampezzo. Regardez donc les cimes. *(Avec un regard amical vers Tesman.)* Comment les appelle-t-on déjà, ces cimes étranges ?

TESMAN. — Laisse-moi voir. Ah, ce sont les Dolomites.

HEDDA. — En effet ! — Ce sont les Dolomites, monsieur Lövborg.

TESMAN. — Hedda, — je voulais simplement te demander s'il ne fallait pas apporter un peu de punch tout de même. Pour toi, du moins. Hein ?

HEDDA. — Oui, je te remercie. Et quelques gâteaux aussi.

TESMAN. — Pas de cigarettes ?

HEDDA. — Non.

TESMAN. — Bien.

Il retourne au salon du fond, puis se dirige vers la droite. Brack observe Hedda et Lövborg.

LÖVBORG *(à voix basse, comme précédemment).* — Réponds-moi, Hedda, — comment as-tu pu faire une chose pareille ?

HEDDA *(faisant semblant d'être absorbée par l'album).*
— Si vous continuez à me tutoyer, je ne vous parlerai plus.

LÖVBORG. — Même quand nous sommes seuls, je ne peux pas dire tu ?

HEDDA. — Non. Vous pouvez le penser. Mais pas le dire.

LÖVBORG. — Ah, je comprends. Cela heurte votre amour — pour Jörgen Tesman.

HEDDA *(lui jetant un coup d'œil ; souriant).* — Amour ? Vous êtes drôle !

LÖVBORG. — Pas d'amour, alors ?

HEDDA. — Mais pas d'infidélités pour autant ! Je n'en veux pas.

LÖVBORG. — Hedda, — répondez à cette seule question...

HEDDA. — Chut !

Tesman revient du salon du fond avec un plateau.

TESMAN. — Voilà ! Plein de bonnes choses.

Il pose le plateau sur la table.

HEDDA. — Pourquoi fais-tu le service toi-même ?

TESMAN *(remplissant les verres).* — Parce que ça m'amuse tellement de te servir, Hedda.

HEDDA. — Tu as rempli les deux verres. Monsieur Lövborg n'en veut pas.

TESMAN. — Non, mais Mme Elvsted va bientôt venir.

HEDDA. — Ah oui, — Mme Elvsted.

TESMAN. — Tu l'avais oubliée ? Hein ?

HEDDA. — Nous sommes tellement absorbés par ceci. *(Lui montrant une image.)* Tu te souviens de ce petit village ?

TESMAN. — Ah oui, en bas du col de Brenner ! C'est là que nous avons passé la nuit...

HEDDA. — ... et que nous avons rencontré tous ces charmants estivants.

TESMAN. — Oui, c'est ça. Pense donc, — si seulement tu avais été avec nous, Ejlert ! — Enfin...

Il retourne au salon du fond et s'assoit aux côtés de Brack.

LÖVBORG. — Répondez à cette seule question, Hedda...

HEDDA. — Eh bien ?

LÖVBORG. — N'y avait-il pas non plus de l'amour dans nos relations ? Pas un semblant, — pas une ombre d'amour ?

HEDDA. — Je me le demande. Pour moi, nous étions deux bons camarades. Deux amis très intimes. *(Souriant.)* Vous, surtout, vous étiez très franc.

LÖVBORG. — C'était vous qui le vouliez ainsi.

HEDDA. — Quand j'y pense, il y avait quelque chose de beau, d'attirant, — quelque chose de courageux, me semble-t-il, — dans cette intimité secrète, — dans cette camaraderie dont personne ne soupçonnait l'existence.

LÖVBORG. — Oui, n'est-ce pas, Hedda ! — Quand je me rendais chez votre père, l'après-midi... Et que le général était assis près de la fenêtre, lisant son journal, — le dos tourné.

HEDDA. — Et nous deux dans le canapé d'angle.

LÖVBORG. — Toujours avec le même magazine illustré devant nous.

HEDDA. — À défaut d'album, oui.

LÖVBORG. — Oui, Hedda, — et quand je me confessais à vous ! Quand je vous racontais des choses que personne ne savait. Quand j'avouais que j'avais passé mes nuits et mes jours dans la débauche. Jour après jour. Oh, Hedda, — quel pouvoir en vous m'obligeait à une telle confession ?

HEDDA. — Vous croyez qu'il y avait un pouvoir en moi ?

LÖVBORG. — Oui, comment l'expliquer autrement ? Et toutes ces — ces questions voilées que vous me posiez.

HEDDA. — Et que vous compreniez si bien.

LÖVBORG. — Que vous ayez pu me questionner ainsi ! Si hardiment !

HEDDA. — De manière voilée, je vous prie.

LÖVBORG. — Et pourtant, si hardiment. Me questionner sur — ces choses-là !

HEDDA. — Et que vous m'ayez répondu, monsieur Lövborg !

LÖVBORG. — Oui, c'est ce que je ne comprends pas, — maintenant. Mais dites-moi, Hedda, — au fond, n'était-ce pas de l'amour ? N'était-ce pas comme si vous vouliez me purifier, — quand je venais me confesser à vous ? N'était-ce pas cela ?

HEDDA. — Pas tout à fait.

LÖVBORG. — Qu'est-ce qui vous poussait, alors ?

HEDDA. — Vous paraît-il si étrange qu'une jeune fille, — si cela se passe — comment dire — en secret...

LÖVBORG. — Eh bien ?

HEDDA. — Qu'elle puisse avoir envie de jeter un regard dérobé sur un monde que...

LÖVBORG. — Que... ?

HEDDA. — ... qu'elle n'a pas le droit de connaître ?

LÖVBORG. — C'était donc cela ?

HEDDA. — Cela aussi. Cela aussi, — je le crois presque.

LÖVBORG. — Une camaraderie de désirs. Mais alors, pourquoi n'a-t-elle pas pu continuer ?

HEDDA. — Par votre faute.

LÖVBORG. — C'est vous qui avez rompu.

HEDDA. — Oui, car la réalité risquait de faire irruption dans nos relations. Honte à vous, Ejlert Lövborg ; comment avez-vous pu vouloir abuser de — de votre camarade !

LÖVBORG *(se tordant les mains)*. — Oh, pourquoi n'avez-vous pas mis vos menaces à exécution ! Pourquoi ne m'avez-vous pas tiré dessus !

HEDDA. — Parce que j'ai peur du scandale.

LÖVBORG. — Oui, Hedda, au fond, vous êtes lâche.

HEDDA. — Terriblement lâche. *(Changeant de ton.)* Pour vous, c'est une chance. Et maintenant, vous vous êtes bien consolé là-haut, chez les Elvsted.

LÖVBORG. — Je sais ce que Thea vous a confié.

HEDDA. — Et vous vous êtes peut-être confié à elle à notre sujet ?

LÖVBORG. — Jamais. Elle est trop bête pour comprendre.

HEDDA. — Bête ?

LÖVBORG. — Pour ces choses-là, elle est bête.

HEDDA. — Et moi, je suis lâche. *(Se penchant vers lui, sans le regarder dans les yeux, puis, en baissant la voix.)* Maintenant, je vais vous faire une confidence.

LÖVBORG *(attentif)*. — Eh bien ?

HEDDA. — Si je n'ai pas osé vous tirer dessus...

LÖVBORG. — Oui ?

HEDDA. — ... ce n'était pas ma pire lâcheté, — ce soir-là.

LÖVBORG *(la regardant un instant, puis comprenant ; murmurant avec passion)*. — Oh Hedda ! Hedda Gabler ! Maintenant j'entrevois un fond secret sous notre camaraderie ! Toi et moi ! Malgré tout, tu avais le désir de vivre...

HEDDA *(à voix basse ; lui jetant un regard perçant)*. — Attention ! Ne crois pas cela !

Il commence à faire nuit. De l'extérieur, Berte ouvre la porte du vestibule.

HEDDA *(refermant l'album, puis criant, souriante)*. — Enfin ! Ma chère Thea, — entre donc !

Mme Elvsted entre par la porte du vestibule. Elle est en tenue de soirée. On ferme la porte derrière elle.

HEDDA *(sur le canapé ; lui tendant les bras)*. — Ma gentille Thea, — tu ne peux pas savoir comme je t'ai attendue !

En passant, Mme Elvsted échange un salut avec les messieurs dans le salon du fond, puis se dirige vers la table et tend la main à Hedda. Ejlert Lövborg s'est levé. Mme Elvsted et lui se saluent d'un signe de tête muet.

Mme ELVSTED. — Je devrais peut-être dire un mot à ton mari ?

HEDDA. — Pas du tout. Laisse-les tranquilles. Ils vont bientôt partir.

Mme Elvsted. — Partir ?

Hedda. — Oui, ils s'en vont bambocher.

Mme Elvsted *(vivement ; à Lövborg).* — Pas vous, j'espère ?

Lövborg. — Non.

Hedda. — Monsieur Lövborg, — il restera avec nous.

Mme Elvsted *(prenant une chaise ; voulant s'asseoir à côté de lui).* — Oh, comme on se sent bien ici !

Hedda. — Ah non, ma petite Thea ! Pas là ! Tu vas gentiment te mettre à côté de moi. Je veux être au centre.

Mme Elvsted. — Comme tu voudras.

Elle contourne la table et s'assoit sur le canapé, à la droite d'Hedda. Lövborg se rassoit.

Lövborg *(après un bref silence, à Hedda).* — N'est-elle pas merveilleuse à regarder ?

Hedda *(caressant doucement les cheveux de Mme Elvsted).* — Rien qu'à regarder ?

Lövborg. — Oui. Car nous deux, — elle et moi, — nous sommes de vrais camarades. Nous nous faisons une confiance absolue. Et puis, nous pouvons nous parler si ouvertement.

Hedda. — Si hardiment, monsieur Lövborg ?

Lövborg. — Enfin...

Mme ELVSTED *(doucement ; se serrant contre Hedda).*
— Oh, comme je suis heureuse, Hedda ! Car,
— figure-toi, — il dit que je l'ai inspiré.

HEDDA *(la regardant avec un sourire).* — Ah, il dit
ça ?

LÖVBORG. — Et puis, ce courage dont elle fait preuve,
madame Tesman !

Mme ELVSTED. — Mon Dieu, — moi, du courage !

LÖVBORG. — Un courage sans bornes, — quand il
s'agit de son camarade.

HEDDA. — Du courage, oui ! Si seulement on en avait.

LÖVBORG. — Que voulez-vous dire ?

HEDDA. — Alors, on pourrait peut-être vivre sa vie
quand même. *(Changeant soudain de ton.)* Maintenant, ma chère Thea, — maintenant tu vas prendre
un verre de punch glacé avec moi.

Mme ELVSTED. — Merci, — je ne bois jamais ce genre
de choses.

HEDDA. — Et vous, monsieur Lövborg ?

LÖVBORG. — Merci, moi non plus.

Mme ELVSTED. — Non, lui non plus.

HEDDA *(le regardant fermement).* — Et si je le veux ?

LÖVBORG. — Inutile.

HEDDA *(riant).* — N'ai-je donc aucun pouvoir sur
vous ?

LÖVBORG. — Pas dans ce domaine.

HEDDA. — Franchement, je trouve pourtant que vous devriez. Pour vous.

Mme ELVSTED. — Mais, Hedda !

LÖVBORG. — Comment cela ?

HEDDA. — Ou plutôt pour les gens.

LÖVBORG. — Vraiment ?

HEDDA. — Les gens pourraient s'imaginer que vous, — qu'au fond vous n'êtes pas — pas vraiment sûr de vous.

Mme ELVSTED *(doucement)*. — Oh non, Hedda !

LÖVBORG. — Les gens s'imagineront ce qu'ils voudront, — jusqu'à nouvel ordre.

Mme ELVSTED *(joyeuse)*. — Oui, n'est-ce pas !

HEDDA. — Je le voyais à l'expression du juge Brack, tout à l'heure.

LÖVBORG. — Quoi donc ?

HEDDA. — À son sourire méprisant quand vous n'avez pas osé prendre un verre avec eux.

LÖVBORG. — Pas osé ! Je préférais rester ici à parler avec vous.

Mme ELVSTED. — C'est bien naturel, Hedda.

HEDDA. — Mais ça, le juge ne pouvait pas le deviner. Et je voyais aussi qu'il regardait Tesman en souriant lorsque vous n'avez pas osé aller à cette malheureuse soirée.

LÖVBORG. — Osé ! Vous dites que je n'ai pas osé ?

HEDDA. — Pas moi. Mais c'est ainsi que le juge Brack l'a compris.

LÖVBORG. — Qu'il se l'imagine.

HEDDA. — Alors, vous n'irez pas ?

LÖVBORG. — Je resterai avec vous et avec Thea.

Mme ELVSTED. — Oui, Hedda, — tu le penses bien !

HEDDA *(souriant ; hochant la tête avec approbation en direction de Lövborg).* — Muré. Ferme sur ses principes pour toujours. Ça, c'est un homme ! *(Se tournant vers Mme Elvsted ; la caressant.)* C'est ce que je te disais quand tu es venue ce matin comme une folle.

LÖVBORG *(étonné).* — Comme une folle !

Mme ELVSTED *(terrifiée).* — Hedda, — Hedda !

HEDDA. — Tu vois ! Tu n'avais aucune raison d'être si mortellement angoissée — *(s'interrompant).* Eh bien ! Amusons-nous, tous les trois !

LÖVBORG *(tressaillant).* — Ah, — que dites-vous, madame Tesman !

Mme ELVSTED. — Mon Dieu, mon Dieu, Hedda ! Qu'as-tu dit ! Qu'as-tu fait !

HEDDA. — Calme-toi ! Cet horrible juge est en train de t'épier.

LÖVBORG. — Mortellement angoissée. Pour moi.

Mme ELVSTED *(doucement ; d'une voix plaintive)*. — Oh, Hedda, — tu m'as rendue si malheureuse !

LÖVBORG *(la fixant un moment des yeux, le visage décomposé)*. — Voilà la confiance hardie que le camarade avait en moi.

Mme ELVSTED *(suppliant)*. — Oh, mon ami, — écoute-moi d'abord.

LÖVBORG *(prenant l'un des verres, puis le levant ; lentement ; d'une voix rauque)*. — À toi, Thea !

Il vide le verre, le pose et prend le second verre.

Mme ELVSTED *(doucement)*. — Oh, Hedda, — que tu aies voulu ça !

HEDDA. — Voulu ! Moi ? Tu es folle ?

LÖVBORG. — À vous, madame Tesman. Merci pour la vérité ! Vive la vérité !

Il vide le verre, puis s'apprête à le remplir.

HEDDA *(lui posant la main sur le bras)*. — Allons, allons, — ça suffit pour l'instant. N'oubliez pas que vous allez à une soirée.

Mme ELVSTED. — Non, non, non !

HEDDA. — Chut ! Ils te regardent.

LÖVBORG *(posant le verre)*. — Thea, — sois sincère.

Mme ELVSTED. — Oui !

LÖVBORG. — Le préfet savait-il que tu partais me rejoindre ?

Mme ELVSTED *(se tordant les mains)*. — Oh Hedda, — tu entends ce qu'il me demande !

LÖVBORG. — Étiez-vous convenus que tu irais en ville pour me surveiller ? C'est peut-être le préfet lui-même qui t'a décidée à le faire ? Oui, — il avait sans doute besoin de moi au bureau ! Ou était-ce à la table de jeu que je lui manquais ?

Mme ELVSTED *(se lamentant doucement)*. — Oh Löv-borg, Lövborg !

LÖVBORG *(prenant un verre ; s'apprêtant à le remplir)*. — Un toast pour le vieux préfet, aussi !

HEDDA *(l'en empêchant)*. — Ça suffit. N'oubliez pas que vous allez faire la lecture à Tesman.

LÖVBORG *(calme ; posant le verre)*. — C'était une bêtise, Thea. De le prendre ainsi, veux-je dire. Ne m'en veux pas, mon cher, cher camarade. Tu verras, — toi et les autres. — Si j'étais tombé... Maintenant, je me suis relevé ! Grâce à toi, Thea !

Mme ELVSTED *(rayonnante de joie)*. — Oh Dieu soit loué !

Brack vient de regarder sa montre. Tesman et lui se lèvent et rejoignent le salon.

BRACK *(prenant son chapeau et son pardessus)*. — Eh bien, madame Tesman, l'heure a sonné.

HEDDA. — En effet.

LÖVBORG *(se levant)*. — Pour moi aussi, monsieur le juge.

Mme ELVSTED *(suppliant doucement)*. — Oh Lövborg, — pas ça !

HEDDA *(lui pinçant le bras)*. — Ils peuvent t'entendre !

Mme ELVSTED *(réprimant un cri)*. — Aïe !

BRACK. — Vous venez quand même ?

LÖVBORG. — Oui, je vous remercie.

BRACK. — Vous me faites grand plaisir.

LÖVBORG *(prenant ses papiers ; à Tesman)*. — Car il y a des choses que je veux te montrer avant de donner le manuscrit.

TESMAN. — Vraiment, — ce sera amusant ! — Mais, ma chère Hedda, comment madame Elvsted va-t-elle rentrer, alors ? Hein ?

HEDDA. — Oh, nous trouverons bien une solution.

LÖVBORG *(se tournant vers les dames)*. — Madame Elvsted ? Je viendrai la chercher, bien entendu. *(S'approchant.)* Vers dix heures, madame Tesman ? Cela vous convient ?

HEDDA. — Cela me convient parfaitement.

TESMAN. — Dans ce cas, tout va bien. Moi, il ne faut pas m'attendre de si bonne heure, Hedda.

HEDDA. — Tu n'as qu'à rester aussi longtemps — aussi longtemps que tu voudras.

Mme ELVSTED *(dissimulant son angoisse)*. — Monsieur Lövborg, — j'attendrai donc votre retour.

LÖVBORG *(son chapeau à la main)*. — Cela va de soi, madame.

BRACK. — Alors, en route pour les réjouissances, messieurs. J'espère que la soirée sera animée, comme dit une certaine belle dame.

HEDDA. — Si seulement la belle dame en question pouvait se faire invisible et être présente !

BRACK. — Pourquoi invisible ?

HEDDA. — Pour pouvoir écouter vos propos animés, monsieur le juge.

BRACK *(riant)*. — Je le déconseillerais fortement à la belle dame.

TESMAN *(riant également)*. — Ah, tu es drôle, Hedda ! Pense donc !

BRACK. — Eh bien, au revoir, mesdames !

LÖVBORG *(s'inclinant pour prendre congé)*. — Vers dix heures, alors.

Brack, Lövborg et Tesman sortent par la porte du vestibule. En même temps, Berte arrive par le salon du fond avec une lampe allumée qu'elle pose sur la

*table près du canapé avant de sortir par où elle est
venue.*

Mme ELVSTED *(après s'être levée, marchant avec
inquiétude et sans but).* — Hedda, — Hedda, — que
va-t-il se passer !

HEDDA. — À dix heures, — il sera là. Je le vois. Avec
des pampres dans les cheveux. Fougueux et hardi.

Mme ELVSTED. — Dieu fasse qu'il en soit ainsi.

HEDDA. — Et alors, vois-tu, — alors il aura retrouvé
le pouvoir sur lui-même. Il sera libre pour le restant
de ses jours.

Mme ELVSTED. — Oh mon Dieu, — s'il pouvait revenir
tel que tu le vois.

HEDDA. — Tel que je le vois, il reviendra ! Et pas
autrement. *(Se levant ; s'approchant.)* Continue à
douter de lui tant que tu voudras. Moi, je crois en
lui. Et nous allons...

Mme ELVSTED. — Tu dissimules quelque chose,
Hedda !

HEDDA. — Oui. Je veux une fois dans ma vie tenir en
mon pouvoir le destin d'un homme.

Mme ELVSTED. — Parce que ce pouvoir, tu ne l'as pas ?

HEDDA. — Je ne l'ai pas. — Je ne l'ai jamais eu.

Mme ELVSTED. — Et sur ton mari, alors ?

HEDDA. — Ça en vaut bien la peine. Oh, si tu pouvais
comprendre comme je suis pauvre. Alors que toi, tu

Acte III

Le salon chez Tesman. Les rideaux de l'ouverture du fond sont tirés, tout comme ceux de la porte vitrée. La lampe à abat-jour, baissée à moitié, brûle encore sur la table. Dans le poêle, dont la porte est ouverte, le feu s'est presque éteint.

Mme Elvsted, enveloppée d'un grand châle, les pieds sur un tabouret, est affaissée dans un fauteuil près du poêle. Hedda, couverte d'un plaid, dort tout habillée sur le canapé.

Mme ELVSTED *(après un certain temps, se redresse vivement dans son fauteuil et tend l'oreille. Ensuite elle s'affaisse de nouveau, fatiguée, en se plaignant doucement).* — Pas encore ! Oh, mon Dieu ! — mon Dieu ! — pas encore !

Berte, marchant sur la pointe des pieds, entre par la porte du vestibule. Elle tient une lettre à la main.

Mme ELVSTED *(se retournant ; chuchotant avec angoisse).* — Enfin, — quelqu'un est venu !

BERTE *(à voix basse)*. — Oui, une domestique est venue apporter cette lettre.

Mme ELVSTED *(vivement ; tendant la main)*. — Une lettre ! Donnez-la-moi !

BERTE. — Non, c'est pour le docteur, madame.

Mme ELVSTED. — Ah.

BERTE. — C'est la bonne de Mlle Tesman qui l'a apportée. Je la pose ici, sur la table.

Mme ELVSTED. — Oui, faites.

BERTE *(posant la lettre)*. — Il vaut peut-être mieux que j'éteigne la lampe. Elle fume.

Mme ELVSTED. — Oui, éteignez. Il fera sans doute bientôt jour.

BERTE. — Il fait déjà jour, madame.

Mme ELVSTED. — Déjà ! Et il n'est pas encore rentré !

BERTE. — Oh, mon Dieu, — je pensais bien que ça se passerait comme ça.

Mme ELVSTED. — Vous le pensiez ?

BERTE. — Oui, quand j'ai vu qu'un certain monsieur était revenu en ville... Et qu'il les a entraînés. Car ce monsieur là, on en a déjà entendu parler, dans le temps.

Mme ELVSTED. — Ne parlez pas si fort. Vous allez réveiller madame.

BERTE *(jetant un regard vers le canapé, puis soupi-rant)*. — Ah oui, — qu'elle dorme, la pauvre. — Vous ne voulez pas que je remette du bois dans le poêle ?

Mme ELVSTED. — Merci ; pas pour moi.

BERTE. — Bien, bien.

Elle sort doucement par la porte du vestibule.

HEDDA *(se réveillant au moment où la porte se referme)*. — Qu'y a-t-il ?

Mme ELVSTED. — C'était seulement la bonne.

HEDDA *(regardant autour d'elle)*. — Ah, ici ! Oui, maintenant je m'en souviens... *(Se redressant sur le canapé ; se frottant les yeux.)* Quelle heure est-il, Thea ?

Mme ELVSTED *(regardant sa montre)*. — Il est sept heures passées.

HEDDA. — À quelle heure Tesman est-il rentré ?

Mme ELVSTED. — Il n'est pas rentré.

HEDDA. — Pas encore rentré ?

Mme ELVSTED *(se levant)*. — Personne n'est venu.

HEDDA. — Et nous qui avons veillé et attendu jusqu'à quatre heures...

Mme ELVSTED *(se tordant les mains)*. — Oh, comme je l'ai attendu !

HEDDA *(bâillant ; parlant avec la main devant la bouche).* — Hélas, — nous aurions pu nous en dispenser.

Mme ELVSTED. — Tu as pu dormir un peu ?

HEDDA. — Oui. Il me semble que j'ai à peu près correctement dormi. Pas toi ?

Mme ELVSTED. — Pas une seconde. Je n'ai pas pu, Hedda ! C'était impossible.

HEDDA *(se levant ; se dirigeant vers elle).* — Allons, allons ! Il ne faut pas avoir peur. Je comprends parfaitement ce qui s'est passé.

Mme ELVSTED. — Oui, qu'en penses-tu ? Tu peux me le dire !

HEDDA. — Enfin, la soirée chez le juge s'est sans doute terriblement prolongée.

Mme ELVSTED. — Oh, mon Dieu, oui, — sans doute. Et pourtant...

HEDDA. — Et alors, vois-tu, — Tesman n'a pas voulu faire du bruit en rentrant et sonner en plein milieu de la nuit. *(Riant.)* Peut-être qu'il n'a même pas osé se montrer — après une soirée aussi animée.

Mme ELVSTED. — Mais alors, — où serait-il allé ?

HEDDA. — Il est allé chez les tantes, bien sûr, pour y dormir. Il y a toujours sa chambre.

Mme ELVSTED. — Non, il ne peut pas être chez elles. Car on vient d'apporter une lettre de Mlle Tesman. La voilà.

HEDDA. — Vraiment ? *(Regardant l'écriture.)* En effet, c'est l'écriture de tante Julie. Alors, il a dû rester chez le juge. Et Ejlert Lövborg, lui, est assis, — avec des pampres dans les cheveux —, et lui fait la lecture.

Mme ELVSTED. — Oh Hedda, tu ne crois même pas à ce que tu racontes.

HEDDA. — Tu es vraiment une petite sotte, Thea.

Mme ELVSTED. — Oui, hélas, je dois l'être.

HEDDA. — Et comme tu as l'air mortellement fatigué.

Mme ELVSTED. — Je suis mortellement fatiguée.

HEDDA. — Alors, tu vas faire ce que je te dis. Tu vas aller dans ma chambre et t'allonger un peu sur le lit.

Mme ELVSTED. — Oh non, non, — de toute manière, je n'arriverai pas à dormir.

HEDDA. — Bien sûr que si.

Mme ELVSTED. — Mais ton mari ne va sans doute pas tarder à rentrer. Et alors je saurai...

HEDDA. — Je te préviendrai dès qu'il sera là.

Mme ELVSTED. — Tu me le promets, Hedda ?

HEDDA. — Tu peux compter sur moi. Mais va dormir en attendant.

Mme ELVSTED. — Merci. Je vais essayer.

Elle sort à travers le salon du fond.
Hedda se dirige vers la porte vitrée et ouvre les

*rideaux, faisant entrer la lumière du jour. Elle va
ensuite vers le bureau, prend un petit miroir et
s'arrange les cheveux, puis se dirige vers la porte du
vestibule et tire la sonnette. Après un instant, Berte
apparaît sur le seuil de la porte.*

BERTE. — Madame désire quelque chose ?

HEDDA. — Oui, mettez du bois dans le poêle. J'ai froid.

BERTE. — Jésus, — à l'instant même il va faire chaud.

Elle ramasse les cendres et met une bûche.

BERTE *(s'arrêtant ; tendant l'oreille).* — On sonne à
la porte d'entrée, madame.

HEDDA. — Allez ouvrir. Je m'occuperai moi-même du
poêle.

BERTE. — Le feu va bientôt prendre.

Elle sort par la porte du vestibule.
*Hedda s'agenouille sur le tabouret et met plusieurs
bûches dans le poêle.*
*Après un temps, Jörgen Tesman entre par la porte
du vestibule. Il a l'air fatigué et un peu soucieux. Marchant sur la pointe des pieds, il se dirige vers
l'ouverture du fond et s'apprête à se glisser entre les
rideaux.*

HEDDA *(près du poêle ; sans lever la tête).* — Bonjour.

TESMAN *(se retournant).* — Hedda ! *(S'approchant.)*
Pour l'amour du ciel, — levée de si bonne heure !
Hein ?

HEDDA. — Oui, je me suis levée de très bonne heure aujourd'hui.

TESMAN. — Et moi qui étais persuadé que tu dormais encore. Pense donc, Hedda !

HEDDA. — Ne parle pas si fort. Mme Elvsted dort dans ma chambre.

TESMAN. — Mme Elvsted a passé la nuit ici ?

HEDDA. — Oui, puisque personne n'est venu pour la raccompagner.

TESMAN. — En effet.

HEDDA *(refermant le poêle ; se levant)*. — Eh bien, vous êtes-vous bien amusés chez le juge ?

TESMAN. — Tu t'es fait du souci pour moi ? Hein ?

HEDDA. — Non, ça ne me viendrait pas à l'idée. Je te demandais si tu t'étais bien amusé.

TESMAN. — Ça, oui. Pour une fois. Surtout au début, il me semble. Car Ejlert m'a fait la lecture. Nous sommes arrivés plus d'une heure à l'avance, — pense donc ! Et Brack était très occupé. Et alors, Ejlert m'a fait la lecture.

HEDDA *(s'asseyant à la droite de la table)*. — Eh bien ! Raconte-moi.

TESMAN *(s'asseyant sur un tabouret près du poêle)*. — Ah, Hedda, tu ne peux pas t'imaginer l'œuvre que ce sera ! C'est sûrement un des livres les plus remarquables qu'on ait jamais écrits. Pense donc !

HEDDA. — Oui, oui, ce n'est pas ça qui m'intéresse.

TESMAN. — Je vais te faire un aveu, Hedda. Quand il m'a fait la lecture, — je me suis senti devenir méchant.

HEDDA. — Méchant ?

TESMAN. — J'enviais Ejlert d'être capable d'écrire un livre pareil. Pense donc, Hedda !

HEDDA. — Oui, oui, je pense !

TESMAN. — Et dire que, — malgré tout son talent, — il reste incorrigible.

HEDDA. — Tu penses sans doute qu'il a plus que d'autres le courage de vivre ?

TESMAN. — Mon Dieu, non, — il n'a aucune modération dans la jouissance, vois-tu.

HEDDA. — Et comment cela s'est-il terminé — à la fin ?

TESMAN. — Oh, à moi, il m'a semblé que c'était une véritable bacchanale, Hedda.

HEDDA. — Avait-il des pampres dans les cheveux ?

TESMAN. — Des pampres ? Non, je n'en ai pas vu. Mais il a porté un long toast embrouillé à la femme qui l'avait inspiré dans son travail. Oui, c'étaient ses mots.

HEDDA. — Il a dit son nom ?

TESMAN. — Non, il ne l'a pas dit. Mais j'imagine qu'il doit s'agir de Mme Elvsted. Tu verras !

HEDDA. — Et où l'as-tu quitté ?

TESMAN. — Sur le chemin du retour. Nous sommes partis, — les derniers, — en même temps. Et Brack nous a accompagnés, pour prendre l'air. Et puis, vois-tu, nous avons décidé de raccompagner Ejlert. Car il tenait une de ces cuites !

HEDDA. — Sans doute.

TESMAN. — Mais voilà le plus étrange, Hedda. Ou le plus triste, devrais-je dire. Oh, — j'ai presque honte — pour Ejlert — de le dire.

HEDDA. — Eh bien ?

TESMAN. — Comme ça, par hasard, sur le chemin, je suis resté un peu en arrière. Juste quelques minutes, — pense donc !

HEDDA. — Oui, oui, et puis ?

TESMAN. — Et quand je me presse pour rejoindre les autres, — sais-tu ce que je trouve au bord du chemin ? Hein ?

HEDDA. — Non, comment le saurais-je !

TESMAN. — Surtout, n'en parle à personne, Hedda. Tu entends ! Promets-le-moi pour Ejlert. *(Sortant un paquet enveloppé de papier de la poche de son pardessus.)* Pense donc, — j'ai trouvé ceci.

HEDDA. — N'est-ce pas le paquet qu'il avait apporté hier ?

TESMAN. — Si, c'est son précieux, son irremplaçable manuscrit ! Voilà qu'il l'a perdu, — sans même s'en rendre compte. Pense donc, Hedda ! Comme c'est triste.

HEDDA. — Mais pourquoi ne lui as-tu pas rendu le paquet tout de suite ?

TESMAN. — Je n'ai pas osé — dans l'état où il était.

HEDDA. — Et tu n'as pas dit aux autres que tu l'avais trouvé ?

TESMAN. — Pas du tout. Je ne voulais pas à cause d'Ejlert, tu comprends.

HEDDA. — Alors personne ne sait que tu as les papiers d'Ejlert Lövborg ?

TESMAN. — Non. Et personne ne doit le savoir.

HEDDA. — De quoi avez-vous parlé ensuite ?

TESMAN. — Je n'ai même pas pu lui parler. Car lorsque nous sommes arrivés dans la rue, lui et quelques autres avaient disparu. Pense donc !

HEDDA. — Vraiment ? Ils l'ont sans doute raccompagné.

TESMAN. — Sans doute. Et Brack aussi est parti.

HEDDA. — Et depuis, qu'as-tu fait ?

TESMAN. — Moi et quelques autres, nous sommes montés chez un des joyeux lurons boire un café

matinal. Ou nocturne, plutôt. Hein ? Mais dès que
je me serai reposé un peu, — et que ce pauvre Ejlert
aura cuvé son vin, j'irai lui porter ceci.

HEDDA *(tendant la main vers le paquet)*. — Non, — ne
t'en sépare pas ! Pas tout de suite, je veux dire.
Laisse-moi le lire d'abord.

TESMAN. — Par Dieu, ma chère petite Hedda, je n'ose
pas.

HEDDA. — Tu n'oses pas ?

TESMAN. — Non, — car tu peux t'imaginer son désespoir quand il se réveillera et s'apercevra que le
manuscrit a disparu. Il n'a pas de copie, tu sais. C'est
ce qu'il m'a dit.

HEDDA *(le scrutant des yeux)*. — Ne lui est-il pas
possible de le réécrire ? Une deuxième fois ?

TESMAN. — Non, je ne crois pas. Car l'inspiration,
— vois-tu...

HEDDA. — Oui, oui, — tu as sans doute raison. *(Négligemment.)* Au fait, — il y a une lettre pour toi.

TESMAN. — Pense donc !

HEDDA *(la lui tendant)*. — Elle est arrivée tôt ce matin.

TESMAN. — De tante Julie ! Qu'est-ce qu'elle me
veut ? *(Posant le paquet sur un autre tabouret,
ouvrant la lettre, la parcourant puis se levant d'un
bond.)* Oh Hedda, — elle écrit que la pauvre tante
Rina est à l'article de la mort !

HEDDA. — Il fallait s'y attendre.

TESMAN. — Et que si je veux la voir une dernière fois, je dois me dépêcher. J'y cours tout de suite.

HEDDA *(réprimant un sourire)*. — Parce que tu veux même courir ?

TESMAN. — Oh, ma chère Hedda, — si tu pouvais faire l'effort de m'accompagner ! Pense donc !

HEDDA *(se levant ; avec lassitude et sur un ton de refus)*. — Non, non, ne me demande pas ça. Je ne veux pas voir la maladie et la mort. Épargne-moi tout ce qui est laid.

TESMAN. — Oh, mon Dieu ! *(Courant dans tous les sens.)* Mon chapeau ? Mon pardessus ? Ah, dans le vestibule. J'espère que je n'arriverai pas trop tard, Hedda. Hein ?

HEDDA. — Tu n'as qu'à courir.

Berte apparaît dans la porte du vestibule.

BERTE. — Le juge Brack est là. Il demande s'il peut entrer.

TESMAN. — À cette heure-ci ? Non, je ne peux pas le recevoir maintenant.

HEDDA. — Moi, si. *(À Berte.)* Faites-le entrer.

Berte sort.

HEDDA *(chuchotant vivement)*. — Le paquet, Tesman. *(Elle s'en saisit.)*

TESMAN. — Oui, donne-le-moi !

HEDDA. — Non, non, je vais le cacher en attendant.

Elle se dirige vers le bureau et glisse le paquet parmi les livres sur l'étagère. Tesman, pressé de partir, n'arrive pas à enfiler ses gants.
Le juge Brack entre par la porte du vestibule.

HEDDA *(le saluant de la tête)*. — Eh bien, vous êtes vraiment matinal.

BRACK. — Oui, n'est-ce pas ? *(À Tesman.)* Vous partez ?

TESMAN. — Oui, il faut absolument que j'aille chez les tantes. Figurez-vous, — la malade est à l'article de la mort, la pauvre.

BRACK. — Ah, mon Dieu, vraiment ? Alors, ne me laissez pas vous retenir. Dans un moment aussi grave.

TESMAN. — Oui, je dois y courir. Au revoir ! Au revoir !

Il sort précipitamment par la porte du vestibule.

HEDDA *(s'approchant)*. — La soirée a dû être des plus animées, monsieur le juge.

BRACK. — Je ne me suis même pas changé, madame Hedda.

HEDDA. — Vous non plus ?

BRACK. — Comme vous voyez. Que vous a raconté Tesman sur les aventures de la nuit ?

HEDDA. — Rien que des choses très ennuyeuses. Seulement qu'ils avaient pris le café quelque part.

BRACK. — De cela, je suis déjà au courant. Ejlert Lövborg n'y était pas, je crois ?

HEDDA. — Non, il l'avaient déjà raccompagné.

BRACK. — Tesman aussi ?

HEDDA. — Non, les autres, disait-il.

BRACK *(souriant)*. — Jörgen Tesman a vraiment une âme d'enfant, madame Hedda.

HEDDA. — Dieu le sait. Y a-t-il quelque chose là-dessous ?

BRACK. — Oui, ce n'est pas impossible.

HEDDA. — Allons, bon ! Asseyons-nous, cher monsieur le juge. Comme ça, vous raconterez mieux.

Elle s'assoit à gauche de la table ; Brack à ses côtés.

HEDDA. — Eh bien ?

BRACK. — J'avais des raisons particulières de m'informer des faits et gestes de mes invités, — ou plutôt de certains de mes invités, cette nuit.

HEDDA. — Et Ejlert Lövborg en faisait sans doute partie ?

BRACK. — Oui, — je dois l'avouer.

HEDDA. — Vous excitez ma curiosité.

BRACK. — Savez-vous où lui et quelques autres ont fini la nuit, madame Hedda ?

HEDDA. — Si c'est racontable, dites-le-moi.

BRACK. — Allons, c'est tout à fait racontable. Ils se sont retrouvés à une soirée très gaie.

HEDDA. — Du genre animé ?

BRACK. — Du genre le plus animé.

HEDDA. — Poursuivez, monsieur le juge.

BRACK. — Lövborg avait déjà reçu une invitation. Je le savais. Mais il avait refusé. Car il est devenu un autre homme, comme vous ne l'ignorez pas.

HEDDA. — Là-haut, chez le préfet Elvsted, oui. Et pourtant, il y est allé ?

BRACK. — Voyez-vous, madame Hedda, — malheureusement l'inspiration est descendue sur lui au cours de ma soirée.

HEDDA. — Oui, il y était très inspiré, à ce qu'on dit.

BRACK. — Son inspiration était assez violente. Et alors, il a dû changer d'avis, je suppose. Car nous autres hommes, nous ne sommes pas toujours aussi fermes sur nos principes que nous devrions l'être, hélas.

HEDDA. — Oh, vous, vous faites sans doute exception, monsieur Brack. Et alors, Lövborg.

BRACK. — Bref, — il s'est retrouvé dans le boudoir de Mlle Diana.

HEDDA. — Mlle Diana ?

BRACK. — C'était Mlle Diana qui donnait la soirée. Pour un cercle choisi d'amies et d'admirateurs.

HEDDA. — N'est-ce pas une rousse ?

BRACK. — Si.

HEDDA. — Une sorte de — de chanteuse ?

BRACK. — Oui, — entre autres choses. Et une redoutable chasseresse — d'hommes, — madame Hedda. Vous avez sans doute entendu parler d'elle. Ejlert Lövborg était parmi ses protecteurs les plus ardents — à l'époque de sa gloire.

HEDDA. — Et comment cela s'est-il terminé ?

BRACK. — De manière peu amicale, à ce qu'il paraît. Après un accueil des plus tendres, Mlle Diana en serait venue à des voies de fait.

HEDDA. — Contre Lövborg ?

BRACK. — Oui. Il l'aurait accusée, elle et ses amies, de l'avoir volé. Son portefeuille aurait disparu. Et d'autres affaires également. Bref, il aurait fait une scène terrible.

HEDDA. — Et le résultat de tout ça ?

BRACK. — Une bagarre générale entre dames et messieurs. Heureusement, la police est arrivée.

HEDDA. — La police est arrivée ?

BRACK. — Oui. C'est une plaisanterie qui risque de coûter cher à ce fou d'Ejlert Lövborg.

HEDDA. — Vraiment ?

BRACK. — Il se serait violemment débattu. Il aurait giflé un des policiers et déchiré sa vareuse. Du coup, il a été conduit au poste.

HEDDA. — Comment avez-vous appris tout cela ?

BRACK. — Par la police elle-même.

HEDDA *(regardant droit devant elle)*. — Voilà comment les choses se sont passées. Alors, il n'avait pas de pampres dans les cheveux.

BRACK. — Des pampres, madame Hedda ?

HEDDA *(changeant de ton)*. — Dites-moi, monsieur le juge, — comment se fait-il que vous suivez ainsi Ejlert Lövborg à la trace ?

BRACK. — D'abord, il ne m'est pas indifférent que l'on apprenne pendant l'interrogatoire qu'il sortait de chez moi.

HEDDA. — Parce qu'il y aura un interrogatoire ?

BRACK. — Évidemment. D'ailleurs, ce n'est pas ça le plus grave. Il me semble qu'en tant qu'ami de la maison, je me devais de vous renseigner, Tesman et vous-même, sur les exploits nocturnes de Lövborg.

HEDDA. — Pourquoi, monsieur le juge ?

BRACK. — Parce que je le soupçonne de vouloir s'abriter derrière vous.

HEDDA. — Comment pouvez-vous imaginer une chose pareille !

BRACK. — Mon Dieu, — nous ne sommes pas aveugles, madame Hedda. Vous verrez ! Cette Mme Elvsted, elle n'est pas près de quitter la ville.

HEDDA. — Eh bien, s'il y a quelque chose entre eux, il y a d'autres endroits où ils pourront se rencontrer.

BRACK. — Pas chez les gens. Toute maison respectable sera désormais interdite à Ejlert Lövborg.

HEDDA. — La mienne aussi, voulez-vous dire ?

BRACK. — Oui. J'avoue qu'il me serait pénible de savoir que ce monsieur a ses entrées ici. Qu'en importun — en indésirable — il cherche à s'introduire...

HEDDA. — ... dans le triangle ?

BRACK. — Exactement. Pour moi, cela équivaudrait à perdre mon foyer.

HEDDA *(le regardant avec un sourire)*. — Être le seul coq dans le poulailler, — voilà votre but.

BRACK *(hochant lentement la tête ; baissant la voix)*. — Oui, voilà mon but. Et je me battrai pour l'atteindre, — par tous les moyens dont je dispose.

HEDDA *(cessant de sourire)*. — Vous êtes un homme dangereux, — tout compte fait.

BRACK. — Vous croyez ?

Hedda. — Oui, je commence à le croire. Et je suis heureuse, — de ne pas être à votre merci.

Brack *(avec un rire ambigu)*. — Oui, oui, madame Hedda, — vous avez peut-être raison. Qui sait si je ne serais pas homme à inventer toutes sortes de stratagèmes.

Hedda. — Mais enfin, monsieur Brack ! On dirait que vous me menacez.

Brack *(se levant)*. — Pas du tout ! Le triangle, voyez-vous, — il doit être consolidé et défendu en toute liberté.

Hedda. — C'est tout à fait mon avis.

Brack. — Eh bien, j'ai dit ce que j'avais à vous dire. Et il faut que je parte. Au revoir, madame Hedda !

Il se dirige vers la porte vitrée.

Hedda *(se levant)*. — Vous passez par le jardin ?

Brack. — Pour moi, le chemin est plus court.

Hedda. — Et c'est le chemin de derrière.

Brack. — Très juste. Les chemins de derrière ne me répugnent pas. Dans certains cas, ils peuvent avoir leur charme.

Hedda. — Quand on y tire à balles, vous voulez dire ?

Brack *(dans l'ouverture de la porte ; riant)*. — Allons, on ne tire pas sur ses coqs apprivoisés !

HEDDA *(riant également).* — En effet, quand il ne vous en reste qu'un...

Ils se saluent en riant. Il sort. Elle referme la porte derrière lui.

Hedda reste un moment à regarder au-dehors, l'air grave. Puis elle se dirige vers le fond, jetant un regard derrière les rideaux. Elle va ensuite vers le bureau, prend le manuscrit de Lövborg et s'apprête à le feuilleter. On entend la voix de Berte, venant du vestibule. Hedda se retourne, tendant l'oreille, puis met le manuscrit dans le tiroir qu'elle ferme, posant ensuite la clé sur le bureau.

Ejlert Lövborg, en pardessus, son chapeau à la main, ouvre violemment la porte du vestibule. Il a l'air agité et confus.

LÖVBORG *(en direction du vestibule).* — Je vous dis qu'il faut que j'entre ! Voilà !

Il referme la porte, se retourne, aperçoit Hedda, se maîtrise immédiatement et la salue.

HEDDA *(près du bureau).* — Eh bien, monsieur Lövborg, il est un peu tard pour venir chercher Thea.

LÖVBORG. — Ou un peu tôt pour venir vous voir. Je vous prie de m'excuser.

HEDDA. — Comment savez-vous qu'elle est encore chez moi ?

LÖVBORG. — On m'a dit à sa pension qu'elle n'était pas rentrée de la nuit.

HEDDA *(se dirigeant vers la table)*. — Avez-vous
remarqué quelque chose à leur mine quand ils vous
l'ont dit ?

LÖVBORG *(la regardant d'un air interrogateur)*. —
Remarqué quelque chose ?

HEDDA. — Je veux dire, avaient-ils l'air de se faire des
idées ?

LÖVBORG *(comprenant soudain)*. — Ah oui, c'est vrai !
Je l'entraîne dans ma chute ! D'ailleurs, je n'ai rien
remarqué. — Tesman n'est sans doute pas encore
levé ?

HEDDA. — Non, — je ne crois pas.

LÖVBORG. — À quelle heure est-il rentré ?

HEDDA. — Très tard.

LÖVBORG. — Il vous a dit quelque chose ?

HEDDA. — Oui, il paraît que la soirée chez le juge
Brack a été très gaie.

LÖVBORG. — Rien d'autre ?

HEDDA. — Il me semble que non. D'ailleurs, j'avais
tellement sommeil.

Mme Elvsted apparaît entre les rideaux du fond.

Mme ELVSTED *(vers lui)*. — Ah, Lövborg ! Enfin !

LÖVBORG. — Oui, enfin. Et trop tard.

Mme ELVSTED *(le regardant avec angoisse)*. —
Comment cela, trop tard ?

LÖVBORG. — Tout est trop tard, maintenant. Pour moi, c'est fini.

Mme ELVSTED. — Oh non, non, — ne dis pas cela !

LÖVBORG. — Tu diras la même chose quand tu sauras.

Mme ELVSTED. — Je ne veux rien savoir !

HEDDA. — Vous voudriez peut-être lui parler seul à seule. Dans ce cas, je me retire.

LÖVBORG. — Non, restez, — vous aussi. Je vous le demande.

Mme ELVSTED. — Oui, mais je ne veux rien savoir, te dis-je !

LÖVBORG. — Ce n'est pas des aventures de la nuit que je veux parler.

Mme ELVSTED. — De quoi, alors ?

LÖVBORG. — Mais dorénavant nos chemins doivent se séparer.

Mme ELVSTED. — Se séparer !

HEDDA *(malgré elle)*. — Je le savais !

LÖVBORG. — Car je n'ai plus besoin de toi, Thea.

Mme ELVSTED. — Et tu peux me dire ça en face ! Plus besoin de moi ! Mais je vais quand même t'aider, comme par le passé ? Nous allons quand même continuer à travailler ensemble ?

LÖVBORG. — Désormais je n'ai plus l'intention de travailler.

Mme ELVSTED *(anéantie)*. — Que vais-je devenir ?

LÖVBORG. — Il faudra que tu essaies de vivre comme si tu ne m'avais jamais connu.

Mme ELVSTED. — Mais je ne peux pas !

LÖVBORG. — Essaie, Thea. Retourne chez toi.

Mme ELVSTED *(révoltée)*. — Jamais ! Où tu es, je veux être aussi ! Je ne me laisserai pas chasser ! Je veux rester ici ! Être avec toi quand le livre paraîtra.

HEDDA *(à mi-voix ; tendue)*. — Ah, le livre, — oui !

LÖVBORG *(la regardant)*. — Notre livre. Le mien et celui de Thea. Car il est à nous deux.

Mme ELVSTED. — Oui, je sens qu'il l'est. Et alors j'ai le droit d'être près de toi quand il paraîtra ! Je veux qu'on t'honore et te respecte à nouveau. Et la joie, — la joie, je veux la partager avec toi.

LÖVBORG. — Thea, — notre livre ne paraîtra jamais.

HEDDA. — Ah !

Mme ELVSTED. — Il ne paraîtra pas ?

LÖVBORG. — Il ne pourra pas paraître.

Mme ELVSTED *(avec angoisse, comme si elle se doutait de quelque chose)*. — Lövborg, — qu'as-tu fait des cahiers !

Hedda *(le regardant attentivement).* — Oui, les cahiers ?

Mme Elvsted. — Où sont-ils !

Lövborg. — Oh Thea, — ne me le demande pas.

Mme Elvsted. — Si, si, je veux le savoir. J'ai le droit de le savoir, tout de suite.

Lövborg. — Les cahiers... Eh bien, — les cahiers, je les ai déchirés.

Mme Elvsted *(criant).* — Oh non, non !

Hedda *(malgré elle).* — Mais ce n'est pas... !

Lövborg *(la regardant).* — Pas vrai, pensez-vous ?

Hedda *(se reprenant).* — Si. Bien sûr. Puisque vous le dites. Mais ça me paraissait si incroyable.

Lövborg. — C'est pourtant vrai.

Mme Elvsted *(se tordant les mains).* — Oh mon Dieu, — mon Dieu, Hedda, — déchirer l'œuvre d'une vie !

Lövborg. — C'est ma vie que j'ai déchirée. Alors je pouvais bien déchirer mon œuvre aussi.

Mme Elvsted. — Et tu l'as fait cette nuit !

Lövborg. — Oui, tu l'entends. En mille morceaux. Et je les ai dispersés dans le fjord. Très loin. L'eau y est pure. Qu'ils dérivent. Dérivent au gré des courants et des vents. Puis ils couleront. De plus en plus profond. Tout comme moi, Thea.

Mme ELVSTED. — Sais-tu, Lövborg, que le livre... Jusqu'à la fin de mes jours, il me semblera que c'est un petit enfant que tu as tué.

LÖVBORG. — Tu as raison. C'est comme le meurtre d'un enfant.

Mme ELVSTED. — Mais comment as-tu pu ! L'enfant était aussi le mien.

HEDDA *(d'une voix presque inaudible)*. — Ah, l'enfant...

Mme ELVSTED *(respirant avec difficulté)*. — Fini. Oui, oui, je vais partir, Hedda.

HEDDA. — Mais tu ne vas pas quitter la ville ?

Mme ELVSTED. — Oh, je ne sais pas quoi faire. À présent, tout est sombre devant moi.

Elle sort par là porte du vestibule.

HEDDA *(attendant un instant)*. — Vous ne la raccompagnez pas, monsieur Lövborg ?

LÖVBORG. — Moi ? À travers les rues ? Les gens la verraient en ma compagnie ?

HEDDA. — Je ne sais pas ce qui s'est passé cette nuit. C'est donc irrémédiable ?

LÖVBORG. — Il y aura d'autres nuits. Je le sais. Mais cette vie-là n'a plus d'attraits pour moi. Je n'ai plus envie de recommencer. C'est le courage, le défi à la vie que Thea a brisé en moi.

HEDDA *(regardant droit devant elle)*. — La charmante petite sotte tenait entre ses doigts le destin d'un homme. *(Le regardant.)* Comment avez-vous pu être si cruel ?

LÖVBORG. — Ne dites pas que c'était cruel.

HEDDA. — Détruire ce qui emplissait son âme depuis si longtemps. Ce n'était pas cruel ?

LÖVBORG. — À vous, je peux dire la vérité, Hedda.

HEDDA. — La vérité ?

LÖVBORG. — Promettez-moi d'abord, — donnez-moi votre parole que Thea ne saura rien de ce que je vais vous confier.

HEDDA. — Vous avez ma parole.

LÖVBORG. — Bien. Alors, je vous dirai que ce n'était pas vrai, ce que j'ai raconté.

HEDDA. — Au sujet des cahiers ?

LÖVBORG. — Oui. Je ne les ai pas déchirés. Ni jetés dans le fjord, d'ailleurs.

HEDDA. — Non, non. Mais, — où sont-ils ?

LÖVBORG. — En réalité, je les ai bel et bien détruits, Hedda.

HEDDA. — Je ne comprends pas.

LÖVBORG. — Thea disait que mon acte, c'était comme le meurtre d'un enfant.

HEDDA. — Oui, — elle le disait.

LÖVBORG. — Mais tuer son enfant, — ce n'est pas ce qu'on peut lui faire de pire.

HEDDA. — Pas le pire ?

LÖVBORG. — Non. Le pire, j'ai voulu l'épargner à Thea.

HEDDA. — Et qu'est-ce que c'est ?

LÖVBORG. — Admettons, Hedda qu'un homme, — au petit matin, — après une nuit de beuveries et d'égarements, — qu'un homme rentre chez la mère de son enfant et qu'il lui dise : Écoute, — j'ai été là et là. À tel ou tel endroit. Et notre enfant était avec moi. À tel ou tel endroit. Et l'enfant a disparu. Disparu. Dieu sait dans quelles mains il est tombé. Qui l'a touché.

HEDDA. — Ah, — mais finalement ce n'était — ce n'était qu'un livre.

LÖVBORG. — L'âme pure de Thea était dans ce livre.

HEDDA. — Oui, je comprends.

LÖVBORG. — Et alors, vous comprendrez aussi qu'il n'y a plus d'avenir pour elle et moi.

HEDDA. — Quel chemin allez-vous prendre, maintenant ?

LÖVBORG. — Aucun. Seulement en finir. Le plus tôt sera le mieux.

HEDDA (*s'approchant d'un pas*). — Ejlert Lövborg, — écoutez. Ne pourriez-vous pas faire en sorte que — que cela se passe en beauté ?

LÖVBORG. — En beauté ? *(Souriant.)* Avec des pampres dans les cheveux, comme vous disiez jadis.

HEDDA. — Non. Les pampres, — je n'y crois plus. Mais en beauté, pourtant. Pour une fois ! — Adieu ! Il faut partir maintenant. Et ne plus revenir.

LÖVBORG. — Adieu, madame. Mes amitiés à Jörgen Tesman.

Il s'apprête à sortir.

HEDDA. — Attendez. Vous allez emporter un souvenir de moi.

Elle se dirige vers le bureau et ouvre le coffret à pistolets, puis revient vers Lövborg, un des pistolets à la main.

LÖVBORG *(la regardant).* — Celui-là ? C'est ça, le souvenir ?

HEDDA *(hochant lentement la tête).* — Vous le reconnaissez ? Autrefois, il vous a visé.

LÖVBORG. — Vous auriez dû vous en servir.

HEDDA. — Tenez ! Servez-vous-en vous-même, maintenant.

LÖVBORG *(glissant le pistolet dans la poche intérieure de son veston).* — Merci !

HEDDA. — En beauté, Ejlert Lövborg. Promettez-le-moi !

LÖVBORG. — Adieu, Hedda Gabler.

Il sort par la porte du vestibule.

Hedda reste un moment près de la porte. Elle va ensuite vers le bureau, prend le paquet avec le manuscrit, regarde la couverture, puis sort quelques feuillets et les examine. Elle emporte le tout vers le fauteuil près du poêle et s'assoit, le paquet sur ses genoux. Après un temps, elle ouvre le poêle, puis le paquet.

HEDDA *(jetant un cahier dans le poêle ; murmurant à elle-même).* — Maintenant je brûle ton enfant, Thea ! *(Jetant d'autres cahiers dans le poêle.)* Ton enfant ct celui d'Ejlert Lövborg. *(Jetant le reste des cahiers.)* Maintenant, je brûle, — je brûle l'enfant.

Acte IV

Les mêmes salons chez Tesman. Soir. Le salon de réception est plongé dans l'obscurité. Celui du fond est éclairé par la suspension. Les rideaux de la porte vitrée sont tirés. Hedda, vêtue de noir, déambule dans l'obscurité du salon. Elle va dans le salon du fond, puis se dirige vers la gauche. On entend quelques accords de piano. Elle réapparaît, puis retourne dans le salon de réception.

Berte entre par la droite dans le salon du fond avec une lampe allumée qu'elle pose sur la table devant le canapé d'angle. Elle a les yeux rougis d'avoir pleuré et porte un crêpe noir sur son bonnet. Elle sort sur la pointe des pieds par la droite. Hedda se dirige vers la porte vitrée, écarte légèrement les rideaux et regarde l'obscurité du dehors.

Après un temps, Mlle Tesman, en deuil, chapeautée et voilée, entre par la porte du vestibule. Hedda va à sa rencontre, lui tendant la main.

Mlle TESMAN. — Oui, Hedda, me voici dans les couleurs du deuil. Car ma pauvre sœur a fini de souffrir.

HEDDA. — Je le sais déjà, comme vous voyez. Tesman m'a envoyé un mot.

Mlle TESMAN. — Il me l'avait promis. Mais il m'a semblé qu'à Hedda, — ici, dans la maison de la vie, — il me fallait moi-même annoncer la mort.

HEDDA. — C'est très aimable à vous.

Mlle TESMAN. — Oh, Rina n'aurait pas dû partir maintenant. La maison de Hedda ne devrait pas porter le deuil en ce moment.

HEDDA *(détournant la conversation).* — Mais elle est morte si paisiblement, mademoiselle Tesman !

Mlle TESMAN. — Pour elle, tout s'est terminé si merveilleusement, — si calmement. Et puis, quel bonheur qu'elle ait pu revoir Jörgen une dernière fois. Et lui dire adieu. — Il n'est pas encore rentré, peut-être ?

HEDDA. — Non. Il m'a écrit qu'il ne fallait pas l'attendre tout de suite. Mais asseyez-vous.

Mlle TESMAN. — Non, merci, ma chère Hedda — que Dieu vous bénisse. J'aurais bien voulu. Mais je n'ai pas le temps. Je dois la parer et l'arranger de mon mieux. Elle doit être belle pour aller dans sa tombe.

HEDDA. — Ne puis-je vous aider ?

Mlle TESMAN. — Non, il ne faut pas y penser. Il ne faut pas que les mains de Hedda Tesman touchent à cela. Ni que ses pensées s'y attardent. Pas en ce moment, non.

HEDDA. — Oh, les pensées, — difficile de les maîtriser.

Mlle TESMAN (*poursuivant*). — Oui, mon Dieu, ainsi vont les choses en ce monde. Chez moi, nous allons coudre du linge pour Rina. Et ici on va sans doute bientôt coudre aussi, je pense. Mais ce ne sera pas pareil, — Dieu merci !

Jörgen Tesman entre par la porte du vestibule.

HEDDA. — Ah, te voilà enfin.

TESMAN. — Tu es ici, tante Julie ? Chez Hedda ? Pense donc !

Mlle TESMAN. — Je m'apprêtais à partir, mon cher garçon. As-tu trouvé le temps de faire tout ce que tu m'avais promis ?

TESMAN. — Non, j'ai bien peur d'en avoir oublié la moitié. Il va falloir que je passe te voir demain, encore. Car aujourd'hui j'ai la tête sens dessus dessous. Impossible de rassembler mes esprits.

Mlle TESMAN. — Mais mon cher Jörgen, il ne faut pas le prendre ainsi.

TESMAN. — Ah ? Comment, alors ?

Mlle TESMAN. — Il faut être heureux, malgré le chagrin. Heureux de ce qui s'est passé. Comme moi.

TESMAN. — Oui, oui. Toi, tu penses à tante Rina.

HEDDA. — Vous allez vous sentir seule maintenant, mademoiselle Tesman.

Mlle TESMAN. — Les premiers jours, oui. Mais ça ne durera pas longtemps, j'espère. La petite chambre de ma chère Rina ne restera pas vide, j'en suis sûre.

TESMAN. — Ah ? Qui s'y installera ? Hein ?

Mlle TESMAN. — Oh, il y a tant de pauvres malades qui ont besoin de soins, hélas.

HEDDA. — Vraiment, vous vous chargeriez encore d'une telle croix ?

Mlle TESMAN. — Une croix ! Dieu vous pardonne, mon enfant, — ce n'était pas une croix pour moi.

HEDDA. — Mais un étranger...

Mlle TESMAN. — Oh, avec les malades on devient vite ami. Et j'ai tant besoin d'avoir quelqu'un pour qui vivre, moi aussi. Enfin, Dieu merci, — dans cette maison il y aura peut-être aussi des choses à faire pour une vieille tante.

HEDDA. — Ne parlons pas de nous.

TESMAN. — Oui, pense donc comme nous pourrions être heureux tous les trois si...

HEDDA. — Si... ?

TESMAN *(inquiet)*. — Oh, rien. Ça finira bien par s'arranger. Espérons. Hein ?

Mlle TESMAN. — Oui, oui, vous deux, vous avez sans doute des choses à vous dire, si j'ai bien compris. *(Souriant.)* Et Hedda a peut-être quelque chose à te raconter. Au revoir ! Il faut que je retourne auprès de Rina. *(Se retournant sur le pas de porte.)* Mon Dieu, comme c'est étrange d'y penser ! À présent, Rina est à la fois avec moi et avec feu Jochum.

TESMAN. — Oui, pense donc, tante Julie ! Hein ?

Mlle Tesman sort par la porte du vestibule.

HEDDA *(observant Tesman d'un regard froid).* — On dirait que tu prends ce décès plus à cœur qu'elle.

TESMAN. — Oh, ce n'est pas seulement le décès. C'est Ejlert qui m'inquiète.

HEDDA *(vivement).* — Tu as du nouveau ?

TESMAN. — J'ai voulu passer chez lui cet après-midi, pour lui dire que le manuscrit était en sécurité.

HEDDA. — Alors ? Tu ne l'as pas vu ?

TESMAN. — Non. Il n'était pas là. Mais ensuite j'ai rencontré Mme Elvsted qui m'a dit qu'il était venu ici ce matin.

HEDDA. — Oui, immédiatement après ton départ.

TESMAN. — Et il aurait dit qu'il avait déchiré le manuscrit. Hein ?

HEDDA. — Oui, c'est ce qu'il a affirmé.

TESMAN. — Mon Dieu, il devait avoir l'esprit complètement dérangé ! Bien entendu, tu n'as pas osé le lui rendre, Hedda ?

HEDDA. — Non, je ne le lui ai pas donné.

TESMAN. — Mais tu lui as dit que nous l'avions ?

HEDDA. — Non. *(Vivement.)* Tu l'as dit à Mme Elvsted ?

TESMAN. — Non, je n'ai pas voulu. Mais à lui, tu aurais dû le dire. Imagine que dans son désespoir il fasse un malheur ! Donne-moi le manuscrit, Hedda ! Je vais tout de suite courir le lui apporter. Où est le paquet ?

HEDDA *(froide et immobile ; s'appuyant sur le fauteuil).* — Je ne l'ai plus.

TESMAN. — Tu ne l'as plus ! Qu'est-ce que tu veux dire ?

HEDDA. — Je l'ai brûlé, — tout.

TESMAN *(sursautant de peur).* — Brûlé ! Brûlé le manuscrit d'Ejlert !

HEDDA. — Ne crie pas. La bonne pourrait t'entendre.

TESMAN. — Brûlé ! Dieu de miséricorde ! Non, non, non, — c'est impossible !

HEDDA. — Pourtant, c'est vrai.

TESMAN. — Sais-tu ce que tu as fait, Hedda ! Destruction illégale d'objets trouvés. Pense donc ! Demande au juge Brack ; tu verras.

HEDDA. — Il vaudrait peut-être mieux que tu n'en parles pas, — ni au juge ni à qui que ce soit.

TESMAN. — Mais comment as-tu pu faire une chose aussi inouïe ! Quelle idée ! Qu'est-ce qui t'a pris ? Réponds-moi. Hein ?

HEDDA *(réprimant un sourire presque imperceptible).*
— Je l'ai fait pour toi, Jörgen.

TESMAN. — Pour moi !

HEDDA. — Quand tu es rentré ce matin et que tu as raconté qu'il t'avait fait la lecture.

TESMAN. — Oui, oui, et alors ?

HEDDA. — Tu as avoué que tu étais jaloux de son œuvre.

TESMAN. — Oh, mon Dieu, il ne fallait pas prendre ça au pied de la lettre.

HEDDA. — Et pourtant. Je n'ai pas pu supporter l'idée que quelqu'un te fasse de l'ombre.

TESMAN *(entre le doute et la joie ; s'exclamant).* — Hedda, — c'est vrai, ce que tu dis ? — Mais — mais, — de telles manifestations d'amour, tu ne m'en avais jamais donné jusqu'ici. Pense donc !

HEDDA. — Alors, autant que tu le saches — que dans les circonstances... *(S'exclamant avec véhémence.)* Non, non, — tu n'as qu'à demander à tante Julie. Elle t'expliquera.

TESMAN. — Oh, je crois bien que je comprends, Hedda ! *(Joignant les mains.)* Oh, mon Dieu, tu... ; est-ce possible ! Hein ?

HEDDA. — Ne crie pas. La bonne pourrait t'entendre.

TESMAN *(riant de bonheur).* — La bonne ! Ah, tu es drôle, Hedda ! La bonne, — c'est Berte ! Je vais le lui dire tout de suite, à Berte.

HEDDA *(se serrant les mains de désespoir).* — Oh, je succomberai, — je succomberai à cause de tout ceci !

TESMAN. — À cause de quoi, Hedda ? Hein ?

HEDDA *(se maîtrisant ; froidement).* — À cause de tout ce ridicule, — Jörgen.

TESMAN. — Ridicule ? Que je sois si heureux ? Pourtant... Il vaut peut-être mieux ne rien dire à Berte.

HEDDA. — Oh si, après tout, pourquoi pas ?

TESMAN. — Non, non, pas tout de suite. Mais tante Julie doit le savoir. Et puis, que tu aies commencé à m'appeler Jörgen ! Pense donc ! Oh, tante Julie, elle sera si heureuse, — si heureuse !

HEDDA. — Quand elle aura appris que j'ai brûlé les papiers d'Ejlert Lövborg, — pour toi ?

TESMAN. — Ah, c'est vrai ! Cette histoire avec les papiers, personne ne doit l'apprendre. Mais que tu brûles pour moi, Hedda, — ça, tante Julie le saura ! D'ailleurs, je me demande si c'est un comportement normal chez une jeune épouse. Hein ?

HEDDA. — Pour ça aussi, tu n'as qu'à demander à tante Julie, il me semble.

TESMAN. — À l'occasion je le ferai. *(Regardant autour de lui avec inquiétude.)* Mais, — mais le manuscrit ! Mon Dieu, quel malheur pour ce pauvre Ejlert.

Mme Elvsted, vêtue comme à sa première visite, en manteau et chapeau, entre par la porte du vestibule.

Mme ELVSTED *(saluant rapidement ; parlant avec agitation)*. — Oh, ma chère Hedda, ne prends pas mal que je vienne encore te déranger.

HEDDA. — Que se passe-t-il, Thea ?

TESMAN. — C'est encore à propos d'Ejlert Lövborg ? Hein ?

Mme ELVSTED. — Oui, — j'ai tellement peur qu'il ne lui soit arrivé malheur.

HEDDA *(lui prenant le bras)*. — Ah, — tu le crois !

TESMAN. — Non, mais, mon Dieu, — comment pouvez-vous imaginer une chose pareille, madame Elvsted !

Mme ELVSTED. — Si, j'ai entendu qu'on parlait de lui à ma pension, au moment où je rentrais. Oh, aujourd'hui, les bruits les plus incroyables circulent en ville à son sujet.

TESMAN. — Oui, je les ai entendus aussi ! Et pourtant, j'en suis témoin : il est rentré directement chez lui se coucher. Pensez donc !

HEDDA. — Eh bien, — que disait-on à ta pension ?

Mme ELVSTED. — Je n'ai pas réussi à savoir. Soit ils n'étaient au courant de rien, soit... Ils se sont tus en m'apercevant. Et poser des questions, je n'ai pas osé.

TESMAN *(faisant les cent pas ; inquiet)*. — Espérons, — espérons que vous vous trompez, madame Elvsted !

Mme ELVSTED. — Non, non, je suis sûre que c'était de lui qu'ils parlaient. Et puis, j'ai entendu qu'il était question de l'hôpital ou...

TESMAN. — L'hôpital !

HEDDA. — Non, — c'est impossible !

Mme ELVSTED. — Oh, je me suis mise dans une angoisse mortelle pour lui. Et puis, je suis allée à son logis le demander.

HEDDA. — Tu en as eu le courage, Thea !

Mme ELVSTED. — Oui, que pouvais-je faire d'autre ? Car je ne pouvais plus supporter l'incertitude.

TESMAN. — Mais vous ne l'avez pas vu ? Hein ?

Mme ELVSTED. — Non. Et les gens n'avaient aucune nouvelle de lui. Il n'était pas rentré depuis hier après-midi, disaient-ils.

TESMAN. — Hier ! Comment ont-ils pu affirmer une chose pareille !

Mme ELVSTED. — Oh, c'est impossible qu'il ne lui soit pas arrivé malheur !

TESMAN. — Hedda, — si j'allais en ville, pour essayer de me renseigner ?

HEDDA. — Non, non, — ne te mêle pas de cette affaire.

Le juge Brack, son chapeau à la main, entre par la porte du vestibule, que Berte ouvre puis referme derrière lui. Il a l'air grave et salue en silence.

TESMAN. — Ah, vous voilà, cher juge ? Hein ?

BRACK. — Oui, il fallait absolument que je vous parle.

TESMAN. — Je vois que vous avez reçu le message de tante Julie.

BRACK. — Celui-là aussi, oui.

TESMAN. — N'est-ce pas triste ? Hein ?

BRACK. — Enfin, mon cher Tesman, cela dépend.

TESMAN *(le regardant d'un air incertain)*. — Y a-t-il autre chose ?

BRACK. — Il y a autre chose.

HEDDA *(tendue)*. — Quelque chose de triste, également ?

BRACK. — Cela dépend également, madame.

Mme ELVSTED *(s'exclamant malgré elle)*. — Ah, il s'agit d'Ejlert Lövborg.

BRACK *(la regardant un instant)*. — Pourquoi madame pense-t-elle cela ? Madame sait peut-être déjà quelque chose ?

Mme ELVSTED *(embarrassée)*. — Non, non, pas du tout ; mais...

TESMAN. — Mais pour l'amour de Dieu, dites-le !

BRACK *(haussant les épaules)*. — Enfin, — hélas, — Ejlert Lövborg a été transporté à l'hôpital. Sans doute est-il déjà mourant.

Mme ELVSTED *(criant)*. — Mon Dieu, — mon Dieu !

TESMAN. — À l'hôpital ! Et mourant !

HEDDA *(malgré elle)*. — Si vite, donc !

Mme ELVSTED *(d'une voix plaintive)*. — Et nous qui nous sommes séparés sans nous réconcilier, Hedda !

HEDDA *(chuchotant)*. — Mais, Thea, — Thea, enfin !

Mme ELVSTED *(sans y prêter attention)*. — Je dois le retrouver ! Je dois le revoir vivant !

BRACK. — Inutile, madame. On ne laisse entrer personne.

Mme ELVSTED. — Mais dites-moi enfin ce qui lui est arrivé ! Que s'est-il passé ?

TESMAN. — Oui, car il n'a tout de même pas...

HEDDA. — Si ; j'en suis sûre.

TESMAN. — Hedda, — comment peux-tu... !

BRACK *(qui ne cesse de l'observer)*. — Hélas, vous avez bien deviné, madame Tesman.

Mme ELVSTED. — Oh, c'est atroce !

TESMAN. — Lui-même. Pense donc !

HEDDA. — Il s'est tiré dessus.

BRACK. — Bien deviné encore, madame.

Mme ELVSTED *(cherchant à se maîtriser)*. — Quand est-ce arrivé, monsieur ?

BRACK. — Cet après-midi. Entre trois et quatre heures.

TESMAN. — Mais, mon Dieu, — où a-t-il pu faire ça ? Hein ?

BRACK *(légèrement embarrassé)*. — Où ? Oui, mon cher, — sans doute dans son logis.

Mme ELVSTED. — Non, c'est impossible. Car j'y suis passée entre six et sept heures.

BRACK. — Alors, ailleurs. Ça n'a pas d'importance. Je sais seulement qu'on l'a trouvé. Qu'il s'était tiré une balle — dans la poitrine.

Mme ELVSTED. — C'est atroce d'y penser ! Qu'il finirait ainsi !

HEDDA *(à Brack)*. — C'était dans la poitrine ?

BRACK. — Oui, — je viens de le dire.

HEDDA. — Pas dans la tempe ?

BRACK. — Dans la poitrine, madame Tesman.

HEDDA. — Oui, oui, — la poitrine, c'est très bien aussi.

BRACK. — Comment, madame ?

HEDDA *(hostile)*. — Non, — rien.

TESMAN. — Et la blessure est mortelle, dites-vous ? Hein ?

BRACK. — Absolument mortelle. Sans doute est-ce déjà terminé.

Mme ELVSTED. — Oui, oui, je le sens ! C'est terminé ! Oh, Hedda !

TESMAN. — Mais dites-moi, — par qui avez-vous appris tout ça ?

BRACK (*d'un ton bref*). — Par quelqu'un de la police. En qui j'ai toute confiance.

HEDDA (*à voix haute*). — Enfin un acte !

TESMAN (*effrayé*). — Dieu me garde, — que dis-tu, Hedda !

HEDDA. — Je dis qu'en ceci, il y a de la beauté.

BRACK. — Hm, madame Tesman...

TESMAN. — De la beauté ! Pense donc !

Mme ELVSTED. — Oh, Hedda, comment peux-tu parler de beauté !

HEDDA. — Ejlert Lövborg a réglé ses comptes avec lui-même. Il a eu le courage de faire ce — ce qu'il devait faire.

Mme ELVSTED. — Ne crois pas que c'est arrivé ainsi ! Ce qu'il a fait, il l'a fait dans la folie.

TESMAN. — Dans le désespoir, il l'a fait.

HEDDA. — Ce n'est pas vrai. J'en suis sûre.

Mme ELVSTED. — Si ! Dans la folie ! Comme lorsqu'il a déchiré nos cahiers.

BRACK (*avec un mouvement de surprise*). — Les cahiers ? Le manuscrit, vous voulez dire ? Il l'a déchiré ?

Mme Elvsted. — Oui, il l'a fait cette nuit.

Tesman *(chuchotant)*. — Oh Hedda, jamais nous n'y échapperons.

Brack. — Hm, c'est étrange.

Tesman *(marchant de long en large)*. — Dire qu'Ejlert allait quitter la vie ainsi. Sans rien laisser qui permettrait durablement à son nom de...

Mme Elvsted. — Oh, si on pouvait le reconstituer !

Tesman. — Oui, pense donc ; si c'était possible ! Je donnerais n'importe quoi.

Mme Elvsted. — C'est peut-être possible, monsieur Tesman.

Tesman. — Que voulez-vous dire ?

Mme Elvsted *(cherchant dans la poche de sa robe)*. — Regardez. J'ai gardé les petits bouts de papier dont il se servait pour dicter.

Hedda *(s'approchant d'un pas)*. — Ah !

Tesman. — Vous les avez gardés, madame Elvsted ! Hein ?

Mme Elvsted. — Oui, les voici. Je les ai pris en partant. Et puis, ils sont restés dans ma poche...

Tesman. — Laissez-moi regarder !

Mme Elvsted *(lui tendant une liasse de petits papiers)*. — Mais c'est dans un tel désordre. Tout est mélangé.

TESMAN. — Si nous pouvions quand même nous y retrouver ! Peut-être qu'en nous aidant mutuellement...

Mme ELVSTED. — Oh oui, essayons.

TESMAN. — Il faut réussir ! Il faut réussir ! J'y consacrerai ma vie !

HEDDA. — Toi, Jörgen ? Ta vie ?

TESMAN. — Oui, ou du moins tout le temps dont je dispose. Mes propres archives, je les laisserai de côté en attendant. Hedda, — tu me comprends ? Hein ? Cela, je le dois à la mémoire d'Ejlert.

HEDDA. — Peut-être.

TESMAN. — Et puis, ma chère madame Elvsted, il faut nous ressaisir. Mon Dieu, il ne sert à rien de ruminer ce qui s'est passé. Hein ? Il faut retrouver assez de sérénité pour...

Mme ELVSTED. — Oui, oui, monsieur Tesman, je ferai de mon mieux.

TESMAN. — Alors, venez. Nous allons tout de suite regarder les notes. Où pourrons-nous nous installer ? Ici ? Non, dans le salon du fond. Excusez-moi, mon cher juge ! Venez avec moi, madame Elvsted.

Mme ELVSTED. — Mon Dieu, — si seulement c'était possible !

Tesman et Mme Elvsted vont dans le salon du fond. Elle enlève son manteau et son chapeau. Ils s'assoient

*à la table, sous la suspension, et se plongent avec
enthousiasme dans les papiers. Hedda se dirige vers
le poêle et s'assoit dans le fauteuil. Après un temps,
Brack la rejoint.*

HEDDA *(à mi-voix)*. — Oh, — quelle délivrance dans
ce qui est arrivé à Ejlert Lövborg.

BRACK. — Délivrance, madame Hedda ? Oui, pour lui
c'est en effet une délivrance.

HEDDA. — Je veux dire, pour moi. Quelle délivrance
de savoir qu'il peut y avoir un acte de courage en
ce monde. Un acte spontanément teinté de beauté.

BRACK *(souriant)*. — Hm, — ma chère madame
Hedda.

HEDDA. — Oh, je sais ce que vous allez dire. Vous
aussi, vous êtes un spécialiste, — comme en ce
moment !

BRACK *(la regardant fermement)*. — Ejlert Lövborg
vous était plus cher que vous ne voulez vous
l'avouer. Ou je me trompe ?

HEDDA. — Je refuse de vous répondre. Je sais seulement qu'Ejlert Lövborg a eu le courage de vivre sa
vie comme il l'entendait. Et puis, — cette grandeur !
Cet acte teinté de beauté. Avoir la force et la volonté
de quitter le festin de la vie — si tôt.

BRACK. — Je suis désolé, madame Hedda, — mais je
suis obligé de vous arracher à une belle illusion.

HEDDA. — Une illusion ?

BRACK. — Qui, de toute manière, se serait vite dissipée.

HEDDA. — De quoi s'agit-il ?

BRACK. — Il ne s'est pas tué — de son plein gré.

HEDDA. — Pas de son plein gré !

BRACK. — Non. L'affaire ne s'est pas déroulée comme je l'ai dit.

HEDDA *(tendue)*. — Vous avez dissimulé quelque chose ? Qu'y a-t-il ?

BRACK. — Par égard pour cette pauvre Mme Elvsted, j'ai utilisé quelques circonlocutions.

HEDDA. — Lesquelles ?

BRACK. — D'abord, il est déjà mort.

HEDDA. — À l'hôpital.

BRACK. — Oui. Et sans avoir repris connaissance.

HEDDA. — Qu'avez-vous dissimulé encore ?

BRACK. — Que l'incident ne s'est pas passé dans sa chambre.

HEDDA. — Enfin, ça n'a pas une grande importance.

BRACK. — Vous faites erreur. Car je vais vous dire, — Ejlert Lövborg a été retrouvé blessé dans — dans le boudoir de Mlle Diana.

HEDDA *(voulant se lever, mais retombant dans son fauteuil)*. — C'est impossible, monsieur le juge ! Il n'a pas pu y retourner !

BRACK. — Il y est retourné cet après-midi. Il est venu réclamer quelque chose qu'on lui aurait volé. Tenant des propos confus sur un enfant qui aurait disparu.

HEDDA. — Ah, — je vois...

BRACK. — J'ai pensé qu'il devait s'agir du manuscrit. Mais il l'a lui-même détruit, d'après ce que j'ai compris. Alors, ça devait être son portefeuille.

HEDDA. — Sans doute. — Et c'est là, — c'est là qu'il a été retrouvé.

BRACK. — Oui. Avec un pistolet déchargé dans la poche de son veston. Mortellement atteint.

HEDDA. — À la poitrine, — oui.

BRACK. — Non, — il a été atteint au bas-ventre.

HEDDA *(le regardant avec une expression de dégoût).* — Cela aussi ! Oh, le ridicule, le vulgaire, se répand comme une malédiction sur tout ce que je touche.

BRACK. — Il y a autre chose, madame Hedda. Quelque chose qui relève du sordide.

HEDDA. — De quoi s'agit-il ?

BRACK. — Le pistolet qu'on a trouvé sur lui...

HEDDA *(retenant son souffle).* — Eh bien ! Qu'y a-t-il ?

BRACK. — Il a dû l'avoir volé.

HEDDA *(se levant d'un bond).* — Volé ! Ce n'est pas vrai ! Il ne l'a pas volé !

BRACK. — Il est impossible qu'il en soit autrement. Il l'a forcément volé. Chut !

Tesman et Mme Elvsted se sont levés et reviennent dans le salon.

TESMAN *(les deux mains pleines de papiers)*. — Hedda, — on ne voit rien là-bas avec la suspension. Pense donc !

HEDDA. — Oui, je pense.

TESMAN. — Si nous pouvions nous mettre à ton bureau ? Hein ?

HEDDA. — Comme vous voudrez. *(Vivement.)* Non, attendez ! Laisse-moi y mettre un peu d'ordre.

TESMAN. — Oh, ce n'est pas nécessaire, Hedda. Il y a suffisamment de place.

HEDDA. — Non, non, laisse-moi d'abord y mettre de l'ordre. Je vais poser ceci sur le piano, en attendant. Voilà !

Elle prend un objet, dissimulé sous des partitions, sur l'étagère, le recouvre encore de papiers et emporte le tout dans le salon du fond, se dirigeant vers la gauche. Tesman pose les papiers sur le bureau et y apporte la lampe qui se trouvait sur la table devant le canapé d'angle. Mme Elvsted et lui s'assoient et recommencent à travailler. Hedda revient.

HEDDA *(derrière la chaise de Mme Elvsted, lui ébouriffant doucement les cheveux)*. — Eh bien, ma douce Thea, — ça avance, le mémorial d'Ejlert Lövborg ?

Mme ELVSTED *(la regardant d'un air découragé).* — Mon Dieu, — ce sera terriblement difficile de s'y retrouver.

TESMAN. — Nous réussirons. Il le faut. Mettre de l'ordre dans les papiers des autres, — ça, je m'y connais.

Hedda retourne près du poêle et s'assoit sur un tabouret. Brack est debout près d'elle, s'appuyant sur le fauteuil.

HEDDA *(chuchotant).* — Que disiez-vous à propos du pistolet ?

BRACK *(à voix basse).* — Qu'il a dû l'avoir volé.

HEDDA. — Pourquoi volé, précisément ?

BRACK. — Parce que toute autre explication devrait être impossible, madame Hedda.

HEDDA. — Ah oui.

BRACK *(la regardant furtivement).* — Bien entendu, Ejlert Lövborg est venu ici ce matin. N'est-ce pas ?

HEDDA. — Oui.

BRACK. — Vous étiez seule avec lui ?

HEDDA. — Oui, pendant un moment.

BRACK. — Et vous n'avez pas quitté la pièce pendant qu'il était ici ?

HEDDA. — Non.

BRACK. — Réfléchissez. Vous ne vous êtes pas absentée un instant ?

HEDDA. — Si, peut-être un petit instant — dans le vestibule.

BRACK. — Et où était votre coffret à pistolets ?

HEDDA. — Dans le...

BRACK. — Eh bien, madame Hedda ?

HEDDA. — Le coffret était là, sur le bureau.

BRACK. — Avez-vous vérifié si les deux pistolets y sont ?

HEDDA. — Non.

BRACK. — Inutile. J'ai vu le pistolet qu'on a trouvé sur Lövborg. Je l'ai tout de suite reconnu pour l'avoir vu hier. Et à d'autres occasions également.

HEDDA. — Vous l'avez, peut-être ?

BRACK. — Non, il est entre les mains de la police.

HEDDA. — Et qu'en fera la police ?

BRACK. — Elle en cherchera le propriétaire.

HEDDA. — Vous croyez qu'elle le trouvera ?

BRACK (*se penchant sur elle en chuchotant*). — Non, Hedda Gabler, — pas si je me tais.

HEDDA (*le regardant avec anxiété*). — Et si vous ne vous taisez pas ?

BRACK *(haussant les épaules)*. — On pourra toujours dire que le pistolet a été volé.

HEDDA *(fermement)*. — Plutôt mourir !

BRACK *(avec un sourire)*. — Cela, on le dit. On ne le fait pas.

HEDDA *(sans répondre)*. — Mais puisque le pistolet n'a pas été volé. Et que l'on découvrira le propriétaire. Que se passera-t-il, alors ?

BRACK. — Oui, Hedda, — alors, ce sera le scandale.

HEDDA. — Le scandale !

BRACK. — Le scandale, oui, — dont vous avez une peur si mortelle. Vous serez appelée devant le tribunal. Vous et Mlle Diana. Elle devra s'expliquer sur ce qui s'est passé. Si c'est un accident ou un meurtre. A-t-il sorti le pistolet pour l'en menacer ? Le coup est il parti ? Ou lui a-t-elle arraché le pistolet, a-t-elle tiré et remis le pistolet dans sa poche ? Cela lui ressemblerait bien. Elle n'a pas froid aux yeux, cette Mlle Diana.

HEDDA. — Mais toutes ces choses dégoûtantes, je n'ai rien à y voir.

BRACK. — Non. Mais vous aurez à répondre à une question : pourquoi avez-vous donné le pistolet à Ejlert Lövborg ? Et quelles conclusions tirera-t-on du fait que vous le lui avez donné ?

HEDDA *(baissant la tête)*. — C'est vrai. Je n'y avais pas pensé.

BRACK. — Heureusement, il n'y a aucun danger tant que je me tais.

HEDDA *(le regardant).* — Ainsi, je suis en votre pouvoir, monsieur le juge. À partir de maintenant, je suis à votre merci.

BRACK *(baissant encore la voix).* — Ma chère Hedda, — ayez confiance, — je ne profiterai pas de la situation.

HEDDA. — À votre merci tout de même. Dépendante de vos exigences et de vos volontés. Prisonnière. Prisonnière ! *(Se levant ; avec véhémence.)* Non, — je n'en supporterai pas l'idée ! Jamais !

BRACK *(la regardant d'un air moqueur).* — D'habitude, on supporte l'inévitable.

HEDDA *(lui retournant son regard).* — Peut-être.

Elle se dirige vers le bureau.

HEDDA *(réprimant un sourire ; imitant les intonations de Tesman).* — Eh bien ? Ça marche, Jörgen ? Hein ?

TESMAN. — Dieu seul le sait. En tout cas, il y aura des mois et des mois de travail.

HEDDA *(comme précédemment).* — Pense donc ! *(Passant rapidement les mains dans les cheveux de Mme Elvsted.)* N'est-ce pas étrange, Thea ? À présent tu es assise auprès de Tesman, — comme tu l'étais auprès d'Ejlert Lövborg.

Mme ELVSTED. — Mon Dieu, si seulement je pouvais inspirer ton mari aussi.

HEDDA. — Oh, ça viendra, — avec le temps.

TESMAN. — Oui, tu sais, Hedda, — il me semble que je le sens venir. Mais va donc t'asseoir auprès du juge.

HEDDA. — N'y a-t-il rien que je puisse faire pour vous ?

TESMAN. — Rien du tout. *(Se retournant.)* Désormais, ce sera à vous de tenir compagnie à Hedda, mon cher juge.

BRACK *(avec un clin d'œil à Hedda)*. — Tout le plaisir sera pour moi.

HEDDA. — Merci. Mais ce soir, je suis fatiguée. Je vais m'allonger un peu là-bas, sur le canapé.

TESMAN. — Oui, c'est ça, ma chérie. Hein ?

Hedda va dans le salon du fond, fermant les rideaux derrière elle. Bref silence. Soudain on l'entend jouer au piano une danse endiablée.

Mme ELVSTED *(sursautant)*. — Oh, — qu'est-ce que c'est !

TESMAN *(se précipitant vers le salon du fond)*. — Mais, ma chère Hedda, — tu ne vas pas jouer une danse ce soir ! Pense à tante Rina ! Et à Ejlert !

HEDDA *(passant la tête entre les rideaux)*. — Et à tante

Julie. Et à tout le monde. — Désormais je ne ferai plus de bruit.

TESMAN (*près du bureau*). — Cela ne lui vaut rien de nous voir nous livrer à ce triste travail. Savez-vous, madame Elvsted, — vous devriez vous installer chez tante Julie. Ainsi, je viendrai vous voir le soir. Et nous travaillerons là-bas. Hein ?

Mme ELVSTED. — Oui, ça vaudrait peut-être mieux.

HEDDA (*dans le salon du fond*). — J'entends tout ce que tu dis, Tesman. À quoi veux-tu que je passe mes soirées, ici ?

TESMAN (*feuilletant les papiers*). — Oh, le juge Brack aura certainement l'amabilité de venir te voir.

BRACK (*assis dans le fauteuil, criant gaiement*). — Tous les soirs, si vous voulez, madame Tesman ! Nous nous amuserons bien, tous les deux !

HEDDA (*d'une voix claire et ferme*). — Oui, c'est bien ce que vous espérez, monsieur le juge ? Le seul coq du poulailler.

On entend un coup de feu. Tesman, Mme Elvsted et Brack sursautent.

TESMAN. — Oh, elle est encore en train de tripoter les pistolets.

Il ouvre le rideau et accourt, suivi de Mme Elvsted. Hedda est étendue sur le canapé, sans vie. Cris, confusion. Berte apparaît à droite, l'air égaré.

TESMAN *(criant à Brack).* — Elle s'est tiré dessus ! À la tempe ! Pensez donc !

BRACK *(comme paralysé dans le fauteuil).* — Dieu de miséricorde, — cela ne se fait pas !

Table

Composition réalisée par IGS

Achevé d'imprimer en Espagne par Liberduplex
Barcelone
Dépôt légal éditeur : 56975 – 03/2005
Librairie Générale Française – 31, rue de Fleurus – 75278 Paris Cedex 06
Édition 01
ISBN : 2-253-08572-3